Eugene McCabe

Die Welt ist immer noch schön

Eugene McCabe
Die Welt ist immer noch schön

Roman

Aus dem Englischen
von Hans-Christian Oeser

Steidl

Martin Leonard lehnte an der Absperrung des Springplatzes und beobachtete den Eingang. Seit seiner Ankunft war aus den Lautsprechern Musik erklungen – *Land of Hope and Glory* –, und jetzt wetteiferte sie mit dem Stakkato der galoppierenden und springenden Pferde, dem Gebrüll des Schauviehs, den megaphonverstärkten Anweisungen der Ordner, dem Quieken der Schweine, plötzlich aufbrandenden Beifallsstürmen und dem unaufhörlichen Stimmengewirr innerhalb und außerhalb des Festzelts, wo Alkohol ausgeschenkt wurde.

An einer Fahnenstange über dem Festzelt flatterte im Südwind ein Union Jack. Die gesamte Anlage war von einer Schnur mit rot-weiß-blauen Wimpeln umspannt, die auch das Podium der Preisrichter und ein kleines Komiteezelt einbezog. Ein besticktes Tuch über dem Eingang von der Straße trug die Aufschrift:

Willkommen bei der Inver Show
Gott segne unsere Königin

Farmer in dunklen Anzügen, mit Hüten, Mützen und Stiefeln, und ihre Frauen in weiten Sommerkleidern und festen Schuhen nahmen Pferche mit Schafen, Schweinen und Geflügel in Augenschein, inspizierten und kritisierten preisgekrönte, glänzend gestriegelte Schaurinder, schlenderten zwischen überdachten Ständen mit Produkten aus Haus und Garten umher, stritten sich mit Händlern über Vorzüge und Mängel funkelnder neuer Traktormodelle und landwirtschaftlicher Geräte oder saßen mit ihren Familienangehörigen in der Augustsonne und kauten Sandwiches, schleckten Softeis oder tranken Bier.

Hier und da deuteten Reithose, Tweedstoff und eine laute Stimme auf die Anwesenheit der Oberschicht und ihrer Gäste hin, legere städtische Kleidung in Kombination mit einem Yorkshire-Akzent hingegen auf britische Soldaten aus den Kasernen in Lisnaskea oder Roslea, die unauffällig einen Tagesurlaub genossen.

Es geschah nicht viel. Ein Pferd hatte sich das Bein gebrochen. Leonard hatte gehört, wie der Tierarzt leise zum Besitzer sagte: „Es muss eingeschläfert werden."

Als das letzte Pferd über die Hindernisse setzte, war Leonards gutes Auge noch immer auf den Eingang gerichtet. Hinter dem Ausstellungsgelände wichen die ansteigenden Grummetwiesen dem grau-braun brütenden Hochland von Fermanagh. Aus der Ferne wirkten die Einzelheiten verschwommen. Der frische Löwenzahn, von dem der grüne Rasen des Springplatzes übersät war, leuchtete mit so greller Gewalt, dass Leonard wegsehen musste. Mit der vernarbten Hand bedeckte er sein Auge, holte mit der anderen einen Zettel hervor, las mit ausdrucksloser Miene die verschlüsselte Botschaft, hielt ein Streichholz daran und ließ den verkohlten Rest fallen.

Als er aufsah, stand sie bereits wartend am Eingang, eine eher kleine Madonna, beherrscht, mit kühlen, alles erfassenden Augen, das Gesicht von geradezu mittelalterlicher Anmutung. Er wartete, bis sie sich in Bewegung setzte, dann löste er sich von der Absperrung und ging auf sie zu. Ohne zu lächeln, beobachtete Lynam, wie er sich näherte. Er hatte sich einen Bart stehen lassen, der die aggressiv vorspringende Unterlippe verbarg. Sie reichten einander nicht die Hand, als sie sagte: „Du bist's."

„Ja."

„So viel hat man mir verraten."

Ein Stadtmädchen, für sommerliche Straßen gekleidet, lederne Schultertasche und Sandalen. Durch ein batteriebetriebenes Megaphon verkündete ein Ordner gleich zwei Mal: „Alle Sieger im Rinderwettbwerb zur Richtertribüne."

Leonard geleitete sie durch die Menge, vorbei an Farmern, die versuchten, einen nervösen friesischen Stier die Laderampe eines Anhängers hinaufzubugsieren, durch eine grasbewachsene Gasse mit Agrarerzeugnissen und Prospektständern zu einer offenen Fläche an der Absperrung des Springplatzes genau gegenüber dem Richterpodium. Er griff in die Tasche seiner Jeansjacke und holte Zigaretten hervor. Als ihre Zigaretten brannten, zwang sein Schweigen sie zum Sprechen.

„Für einen Freund redest du nicht viel."

„Du auch nicht."

„Ich weiß nichts, außer ..."

Sie verstummte, als die Megaphonstimme bekannt gab: „Armstrong Memorial Award für den besten Fleischstier: Samuel Foster aus Mullinahone."

Als der dünne Applaus nachließ, sagte sie: „Um vier kam ein Auto, eine Mitteilung des Armeerats, ich solle dorthin gehen, wohin ich gebracht würde, sie haben nicht gesagt, wohin ... unter deinem Kommando ... Burkes Handschrift ... Und von Dublin bis hierher hat der Fahrer keinen Ton gesagt. Mehr weiß ich nicht."

Nach einer weiteren Durchsage fügte sie hinzu: „Ich hatte große Angst ... habe ich immer noch."

„Wovor?"

„Vor einer letzten Reise."

„Nichts dergleichen."

„Du bist unterrichtet, vorgewarnt, irgendetwas."
„Ich glaube nicht alles, was ich höre."
„Du empfängst Befehle."
„Du nicht?"
Sie zögerte, bevor sie fragte: „Was für Befehle?"
Eine weitere Durchsage wurde mit Schulterklopfen und Gelächter aufgenommen, ein populärer Sieger.
„Ein Landgut", sagte Leonard. „Wir setzen ein paar Herrschaften gefangen, bis man uns Quinn, McIntyre und Fanin aus Long Kesh übergibt."
„Was für ein Landgut?"
„Inver Hall, drei Kilometer von hier. Da ist er", sagte Leonard mit einem Kopfnicken zum Richterpodium hin. „Ich will nicht auf ihn zeigen, der Große mit der Reithose und der Stoffmütze."
„Wer ist das?"
„Niemand. Der Jüngere ist sein Schwiegersohn. Staatssekretär, Außenministerium."
Lynam zuckte die Achseln, und Leonard setzte hinzu: „Und ein englischer Lord."
Lynam blickte über den Springplatz. „Wann?"
„Heute Abend."
Es folgten drei weitere Durchsagen, bevor sie sprach. „Sie werden sie nicht freilassen."
„Sie werden zumindest darüber nachdenken."
„Und wenn nicht?"
„Dann halten wir unser Wort."
„Wie?"
„Ist das wichtig?"
„Werde ich mit hineingezogen?"
„Du wirst dabei sein."
In dem goldenen Licht wirkten die spitzen Grashalme zu ihren Füßen bedrohlich. Sie spürte, wie ihr der Schweiß über den Rücken rann.

„Und wenn sie sie übergeben?"
„Dann machen wir uns davon."
„Mitsamt den Herrschaften?"
„Bis wir in Sicherheit sind."
„Wohin?"
„Das ist festgelegt."
„Und wenn sie sich weigern?"
„Hab ich bereits gesagt."
Sie zögerte einen Moment, bevor sie sagte: „Wir bringen sie um?"
„Wir richten sie hin."
„Und dann?"
„Kämpfen wir."
„Das ist Selbstmord."
„Ist einfach und funktioniert überall."
Sie schwieg einen Augenblick, um sicherzugehen, dass ihre Stimme nicht ihre Gefühle verriet.
„Ich habe mich nicht für den aktiven Dienst gemeldet, warum also ich?"
Leonard zuckte mit den Schultern.
„Aus Prinzip?"
„Er, sie ... jemand will mich loswerden ... Du ... hast du schon mal daran gedacht?"
„Wer?"
„Burke."
Leonard dachte darüber nach, dann schüttelte er den Kopf.
Lynam fragte: „Und wenn ich mich jetzt noch weigere?"
Leonard ließ seine Zigarette ins Gras fallen, zertrat sie mit der Schuhsohle und fragte: „Kannst du das denn?"
Als Lynam nicht antwortete, fragte Leonard: „Drink?"
„Nein."

„Sandwich?“

Sie schüttelte den Kopf.

„Tee?“

„Nein. Danke.“

„Eiscreme?“

Um seine dauernden Fragen zu unterbinden, um das Schreckliche, das er ihr soeben anvertraut hatte, zu verarbeiten und ihr rasendes Herz zu beruhigen, nickte sie schließlich.

Sie folgte ihm, als er sich einen Weg zur Softeismaschine bahnte. Die Verkäuferin machte sich gerade hinten im Wagen zu schaffen.

„Zwei bitte“, sagte Leonard.

„Komme sofort“, antwortete die Frau.

Leonard nickte und entfernte sich ein paar Meter. Während sie warteten, musterte Lynam ihn zum ersten Mal eingehend.

„Was ist mit deinem Auge passiert?“

„Unfall.“

„Bei einem Auftrag?“

„Ja.“

„Kannst du auf dem Auge sehen?“

„Nein.“

„Tut mir leid.“

Er nickte und sagte: „Und mir ... tut dein Verlust leid.“

Ihr Gesichtsausdruck verriet nichts.

„Es gibt nicht viel, wovon man nichts hört.“

Als er eine Geste machte, sagte sie: „Man nennt es Abtreibung.“

Ihr Verstand, dachte er wieder, eine geballte Faust gegen Mitleid, Jungfräulichkeit, Mutterschaft und alles, was auf weibliche Schwäche hindeutete. In einer von machtgierigen Männern dominierten Bewegung war sie rasch und hoch aufgestiegen, fürchtete sich nicht vor Gewalt, war sich ihrer Beweggründe jetzt aber nicht mehr sicher. Einige hatten das Gefühl, sie verachte sie und die Sache insgeheim. Einmal, als sie betrunken in einer Wohnung in Rathmines saßen, hatte Burke ihm erzählt: „Sie kennt zu viele unzuverlässige Jungs von der Presse und Politiker ... berechnend wie eine Katze ... Sex nur mit offenen Augen ... Weiß Gott, was sie denkt oder woran sie glaubt ... nicht an mich ... nicht an Gott ... Ich hab mich sogar schon gefragt, ob der Staatsschutz sie geschickt hat, aber ich glaub's nicht."

Damals hatte sich Leonard darüber amüsiert, dass Burke sich mit Gott in eine Reihe stellte, aber doch das Gefühl gehabt, dass er Lynam recht zutreffend einschätzte. Jetzt war er versucht, etwas Unfreundliches zu sagen. Er sagte: „Ein düsteres Wort."

Einen Moment sah sie ihn unverwandt an. Er war wie andere Nordiren, die sie getroffen hatte: verschlossen, sparsam mit Worten.

„Fast so gescheit wie ich", hatte Burke gesagt.

Die Antwort in ihrem Kopf drang nicht bis zu ihrem Mund vor. Sie blickte zu der Frau, die die Waffeln füllte, und sagte: „Dein Eis ist fertig."

Ein hellblonder Mann, fast ein Albino, und ein hochgewachsener, geschmeidiger Schwarzer, beide in bunten Hemden und Jeans, näherten sich dem Eisstand, ohne Leonard zu bemerken. Der Schwarze sprach: „Sind die beiden für uns, meine Schöne?"

Die Frau nickte in Richtung Lynam und Leonard und sagte: „Die waren zuerst hier."

Der Schwarze wandte sich um. „Tschuldigung, Kumpel."

„Schon in Ordnung", sagte Leonard.

Als sie davongingen, stellte Lynam mit den Augen die naheliegende Frage. Leonard nickte.

„Was der wohl über die Zustände hier denkt?"

„Wer?"

„Der Schwarze."

„Der denkt nicht, der liest die Boulevardpresse."

Eine Kesselflickerfrau, die einen in eine Decke gewickelten Säugling im Arm hielt, verstellte ihnen den Weg. Sie hatte rötliches Haar, schlechte Zähne, glasige Augen und sah aus, als wäre sie schon seit Jahren aus dem gebärfähigen Alter heraus.

„Gott segne Sie, Sir, Miss, könnten Sie eine Kupfermünze für ein armes Baby erübrigen?"

Das Kind sah blass und krank aus, dachte Lynam. Während Leonard nach einer Münze kramte, fragte sie: „Wie alt ist Ihr Baby?"

„Fast drei Monate, Miss."

Von rechts näherte sich der Colonel und sagte zu der Frau: „Meine Liebe, Sie sind willkommen, aber ich hab's Ihnen schon zwei Mal gesagt. Sie dürfen die Leute nicht anbetteln."

„Jawohl, Euer Ehren."

Als sie sich entfernte, sagte der Colonel zu Leonard: „Es ist keine Wohltätigkeit, ihr Geld zu geben, wenn sie da drinnen alles versäuft."

Er deutete auf das Festzelt. Der Colonel sah erst Leonard, dann Lynam direkt ins Gesicht. Als er davonging, sagte er: „Herrlicher Tag."

„So ist es", erwiderte Leonard.

Als sie ihm nachblickten, fragte Lynam: „Willst du ihn umbringen?"

„Du weißt die Antwort, warum fragst du?"

Schweigend gingen sie zum Springplatz, wo Lynam fragte: „Wie lautet das Ultimatum?"

„Morgen Mittag."

„Und wenn sie sich weigern – was ...?"

Sie verstummte, außerstande, die Frage zu Ende zu formulieren. Leonard antwortete: „Der Erste nach einer Stunde. Danach alle sechs Stunden einer."

Lynam starrte auf ihr Softeis. Ein Spritzer Himbeersauce war an der Waffel herab auf ihre Finger gelaufen. Sie hatte von dem Eis noch nicht gekostet und betrachtete es jetzt voller Widerwillen.

„Wie viele?"

„Meistens sechs oder acht zum Abendessen."

„Ich will das nicht."

Leonard nahm ihr das Softeis ab. Überall luden die Farmer ihre Nutztiere auf Anhänger und Transporter. Die Leistungsschau war zu Ende, doch die Verleihung der Rosetten auf dem Richterpodium, unterbrochen von Durchsagen und vereinzeltem Beifall, dauerte noch an. Plötzlich wurde die Melodie des *Eton Boating Song*, die aus dem Lautsprecher erklang, von einem Strahl Pferdepisse übertönt – etwa zehn Meter von ihnen entfernt spreizte ein brauner Wallach behaglich die Beine. Lynam fragte: „Müssen wir das ertragen?"

„Wir können jederzeit gehen."

Auf dem Weg zum Ausgang kamen sie an den Ständen mit Produkten aus Haus und Garten vorbei, die an das Festzelt angrenzten. Eine von Bäuerinnen umringte hochgewachsene Frau mit feingeschnittenem Gesicht und schönen Proportionen sagte mit sorgfältiger Aussprache: „Meine Mutter hat dem Holzapfelgelee immer Zitronenverbene hinzugefügt; das ergibt einen wunderbar raffinierten Geschmack."

„Seine Frau", sagte Leonard leise.

„Wessen?"

„Die des Colonels."

„Sie wird heute Abend da sein?“

Leonard nickte, und Lynam sagte: „Sie erinnert mich an jemanden.“

Sie verließen das Ausstellungsgelände, stiegen in einen schwarzen VW Käfer und fuhren nach Süden zur Grenze.

Der Colonel hatte viele Hände geschüttelt, Rosetten, Zertifikate, Trophäen, „ewige“ Pokale und Verdienstmedaillen verteilt. Als er sich Alex Boyd-Crawford näherte, trat George Hawthorne, Hufschmied und Kleinbauer, auf ihn zu.

„George?“

„Auf ein Wort, Sir.“

George war ernst. Der Colonel wusste, dass er in Zusammenhang mit einem Doppelmord fünf Kilometer von Inver von der Royal Ulster Constabulary verhört worden war. Sein Neffe Eric O’Neill, ein dreiundzwanzigjähriger Teilzeitsoldat im Ulster Defence Regiment, war an einem Armeekontrollpunkt durch einen Schuss zu Tode gekommen; es hielten sich Gerüchte über Selbstmord.

Die von Trauer und Whiskey glasigen Augen, die aus dem ambossgrauen Gesicht starrten, wirkten blind. Der Colonel war bereit, kurz zuzuhören.

„Ich möchte, dass Sie sich etwas anschauen“, sagte George und setzte sich in Bewegung.

„Ja?“

Er zeigte mit seinem schwieligen Finger auf die Latrine links neben dem Eingang, über deren Tür „Herren“ stand.

Der Colonel unterbrach ihn.

„Kannst du’s mir nicht sagen, George ... irgendeine Schweinerei?“

„Ich sag's gradheraus, Sir. Einer unserer ‚Kunden' hat auf den Boden geschissen und darüber geschrieben: ‚Das halten wir von den Briten und ihrer Armee. Es lebe die IRA.'"

Der Colonel verzog keine Miene.

„Worte."

„Tiere sind das. Da dreht sich einem der Magen um."

„Worte, George."

Der Colonel blickte zu einem Hubschrauber, der über den Feldern und Wäldern des Hochlands von Roslea schwebte.

„Jeden Tag werden Menschen umgebracht."

„Das sagen *Sie* mir, Sir? Dann will ich Ihnen sagen ..."

Harriets nervöses Gelächter hallte über den Springplatz. Sie hatte das Festzelt schon vor Mittag aufgesucht. Beim Abendessen würde es wieder peinlich zugehen. Er verpasste, was George sagte, dann aber hörte er: „O'Donnell vom Ausstellungskomitee ... das ist einer von ihnen ... Und sie sind alle so ..." Er ballte die Faust. „Gegen uns."

Der Colonel blickte George in die Augen. Die erhobene Faust war lächerlich und bedrohlich zugleich. Aiden O'Donnell, der einzige Katholik im Komitee der Inver Show, war ein in England erzogener Wochenendfarmer, im Hauptberuf Anwalt. Sein Bruder, ein Jesuit, gehörte dem Lehrkörper von Stonyhurst an, ein weiterer Bruder war Direktor einer Belfaster Handelsbank. O'Donnell hatte einmal gesagt: „In einem System, das ich für unrecht halte, muss ich für das Recht eintreten. Die meiste Zeit komme ich mir vor wie ein Heuchler." Eine illoyale Äußerung? Von einem nordirischen Katholiken, erhitzt von freigebig ausgeschenktem Wein, eine vorhersehbare. Der Colonel konnte beides nachvollziehen, Georges unausgesprochene Forderung und O'Donnells Dilemma.

„George, du musst verstehen ..."

„O'Donnell geht, oder ich trete zurück ... und Sie können sich einen anderen suchen, der Ihnen die Pferde beschlägt."

Der Colonel schüttelte den Kopf. Während er noch versuchte, eine angemessene Antwort zu finden, drehte George sich um und ging davon. Der Colonel sah ihm nach. Im Vergleich zu derartigen Verwicklungen war Krieg ein einfaches Geschäft, keine schwachen Glieder in der Befehlskette, Deserteure wurden erschossen, der Feind vernichtet, keine widerstreitenden Loyalitäten, keine Verweise auf zugrunde liegende Ursachen, keine Gewissensbisse. Auf seine plumpe Art hatte George recht. O'Donnell hatte die Richterbank verschmäht. Auf Gewalt würde er sich niemals einlassen, aber seine Ambivalenz war ebenso gefährlich wie Georges sture Verbohrtheit, die früher schon bei Tischgesprächen der Oberschicht thematisiert worden war. „Sollen sie ruhig feindselig sein", hatte ein Nachbar, ein einflussreicher Grundbesitzer, mit fast bellendem Gelächter gesagt, „aber nicht zu feindselig." Nun, da die Feindseligkeit sich in offenen Hass und tägliche Mordtaten verwandelt hatte, war eine derartige Verbohrtheit nicht länger amüsant. Eine Lösung schien es nicht zu geben. Der Colonel hielt auf die Richtertribüne zu. Alex saß, eine Zigarre im Mund, auf der untersten Stufe des Podiums und las im *Belfast News Letter*; ein alternder, faltiger Primat mit ausgebeultem Anzug, kariertem Hemd und Hornbrille. An seinem Jackett klemmte ein Hörgerät. Harriets früherer Liebhaber.

„Probleme, Nobby?“

„Nicht der Rede wert, wo ist Stuart?“

Alex zeigte Richtung Springplatz. Kanonikus Plumm, von rundlicher Gravität, unterhielt sich mit Professor Stuart Caldwell. Der Kanonikus gestikulierte, Caldwell hörte zu, eine fast jungenhaft schlanke Gestalt, schmal und glatt wie ein Schwert. Auf seiner Stahlbrille glänzte hell die Sonne. Alex faltete den *News Letter* zusammen und steckte ihn in sein Jackett.

„Das ist das Ende, Nobby, mit der ganzen Schau geht's bald zu Ende ... eine Frage von Monaten, nicht einmal Monaten.“

„Das sagst du schon dein ganzes Leben, Alex.“

„Diesmal ist es wirklich so, ich habe natürlich nichts zu verlieren, du eine ganze Menge.“

„Ziemlich wenig Zuschauer dieses Jahr, aber nicht schlecht, wenn man bedenkt.“

„Früher hab ich mit Basil nachts immer in den Bäumen gehockt und nach Feniern oder Deutschen Ausschau gehalten ... Die sind nie gekommen ... Einmal hab ich ein Kaninchen geschossen.“

Alex verstummte. Der Colonel hörte ihm nicht zu, sondern suchte mit den Augen das Ausstellungsgelände ab. Da fragte Alex: „Wer ist heute der Feind, kannst du mir das verraten, Nobby?“

„Harriet“, sagte der Colonel leise. „Sie trinkt zu viel.“

Ein Mann mit einer Silbertrophäe kam vorbei, er führte einen Charolais-Bullen mit einer Rosette auf der Stirn. Er salutierte vor dem Colonel, und dieser sagte: „Schönes Tier, Sam, gut gemacht.“

„Ausländische Rasse, Sir, die alten Zuchten sterben aus.“

„Wohl wahr.“

Sie sahen zu, wie der große goldene Bulle auf eine Laderampe zutrottete.

„Vom Viehgeschäft hab ich nie was verstanden", sagte Alex. „Hab ein ganzes Vermögen dabei verloren."

Wieder sagte der Colonel: „Harriet, sie trinkt zu viel, Alex."

Alex zögerte, bevor er sagte: „Sie mag den Amerikaner nicht."

„Hat sie das gesagt?"

„Merkst du das nicht?"

Alex stand auf und bürstete und blies die Zigarrenasche von seinem Jackett. „Stell dir vor, du müsstest mit dem alten Plumm die Ewigkeit verbringen!"

„Mit wem immer ... Kannst du nicht mit ihr reden?"

Alex schüttelte den Kopf. „Sie lässt nicht mit sich reden. Und warum nüchtern sterben, wenn man es sich leisten kann, betrunken zu sterben?"

„Sie bringt sich um, und du reißt Witze!"

„Die Menschen betrinken sich, um zu vergessen, dass sie am Leben sind, Nobby; das Glück liegt unter der Erde."

Der Colonel dachte einen Augenblick darüber nach, dann sagte er in scharfem Ton: „Das ist herzlos und ziemlich dumm."

Als der Colonel Anstalten machte, sich zu Caldwell und dem Kanonikus zu gesellen, murmelte Alex in sich hinein: „Mag sein ... aber ich bin auch in jeder anderen Hinsicht ruiniert."

Er holte eine weitere Zigarre hervor und zündete sie an. Die Bauern, die in der Nähe in einer Gruppe zusammenstanden, lächelten nachsichtig. Sie konnten nicht hören, was Alex vor sich hinmurmelte, als er sich seine Zigarre anzündete, aber sie wussten, er war Alex Boyd-Crawford, Erbe eines der ältesten Namen in Ulster, ein komischer Kauz, ein weiser Narr, Trinker und Schürzenjäger, Witwer, sein Vermögen dezimiert, sein einziger Sohn, vermutlich der Letzte der Boyd-Crawfords, Aussteiger.

Alex sah auf seine Taschenuhr und murmelte: „Mit der Schau geht's zu Ende, Zeit für einen Drink."

Er hielt auf das Festzelt zu, um Harriet ohne Aufsehen daraus zu entfernen.

„Das", murmelte er, „ist eine Sache, auf die ich mich besser verstehe als Nobby."

Auf kurvenreichen Nebenstraßen war Leonard ungefähr acht Kilometer durch eine wellige Hügellandschaft gefahren, dann eine unbefestigte Straße mit hohen Hecken entlang bis zu einem kleinen zweistöckigen Bauernhaus, gestrichenes Wellblech auf einem Strohdach, ein angrenzender Kuhstall, daneben ein kleines viereckiges Betonhäuschen, auf dem sich ein Regenwasserbehälter befand. In einem leeren Torfschuppen parkte ein blauer Cortina.

„Wo sind wir?", fragte Lynam.

„Mitten in Monaghan. Gemarkung Drumgrone."

„Gibt es ein Badezimmer?"

Er zeigte auf den kleinen Betonbau und sagte: „Ein Klo."

„Kann ich mich irgendwo waschen?"

„Im Hinterhof gibt's einen Wasserhahn."

Sie zögerte. Leonard fügte hinzu: „Am Ende des Gartens fließt ein Bach."

„Wann brechen wir auf?"

Er sah auf seine Armbanduhr. „Halb neun."

Leonard ließ sie stehen, ging in die Küche und richtete seine Stimme an jemanden hinter dem *Northern Standard:* „Wo sind die Jungs?"

Eine Stimme hinter dem *Northern Standard* antwortete: „Sehen mit Mutter fern."

„Wir haben einen Gast, Jack."

„Ach ja?"

Die Zeitung senkte sich nicht.

„Sie wird in weniger als fünf Minuten am Bach sein. Behalte sie im Blick, aber lass dich selbst nicht blicken."

„Sie?"

„Ich erklär's dir später. Geh hinten raus."

Jack Gallagher ging zur Spülküchentür hinaus, um die Scheune herum und direkt am Feldrand den verwilderten Garten entlang.

Lynam suchte das Toilettenhäuschen aus Beton auf, dann ging sie ums Haus zu einem Wasserhahn, aus dem es in einen Sandsteintrog tropfte. Aus einem Fenster der Spülküche hätte man sie genau im Blick. Sie überquerte den Hof und gelangte durch den Dreschhof und an einem leeren Heuschober vorbei in einen überwucherten Garten, ein Dickicht von Brennnesseln, Sauerampfer und einer Art wildem Rhabarber, der stechend und eklig roch und bis zu den niedrigeren Ästen eines Dutzends gemarterter Apfelbäume emporgeklettert war.

Ein ausgetretener Pfad führte vom Haus zum Bach. Sie konnte Wasser hören. Das Ufer war steiler, als sie erwartet hatte, zu beiden Seiten wurde der Bach von Farnkrautwedeln gesäumt, die zwischen den Wurzeln von Erlen, Eschen und Dorngestrüpp wucherten. Das Wasser floss klar in seinem rostfarbenen Bett. Sie setzte sich auf einen trockenen Stein am Rand des Baches und holte einen kleinen Kulturbeutel, einen Spiegel und Make-up aus ihrer Handtasche. Die kühle Luft tat ihr gut, schweißgebadet wie sie war vor lauter

Anspannung. Als sie ihre Bluse auszog, bemerkte sie feuchte Schweißflecken und begriff, dass sie inzwischen mehr Angst hatte als auf der schweigsamen Fahrt von Dublin. In einer Stunde oder weniger würde sie den beiden Menschen gegenüberstehen, sich vielleicht sogar mit ihnen unterhalten, die sie auf dem Ausstellungsgelände gesehen hatte, und höchstwahrscheinlich würde sie zugegen sein, wenn man sie erschoss. An einem Tisch oder auf einem Podium war es ein Leichtes, über die Vorzüge der Gewalt zu sprechen, diese zu propagieren, so wie sie es zwei Jahre lang getan hatte. Anders jetzt, wo sie sich an sie herangepirscht hatte, die blutige Hebamme der Erneuerung, eine Bestie mit triefendem Maul und glasigem, mitleidlosem Blick. Lynam streifte ihre Sandalen ab und hielt Füße und Hände ins Wasser. Als sie Burke im Nebenraum einer Bar in der Dorset Street erzählt hatte, dass sie ihre Schwangerschaft abgebrochen habe, war der Mann mit der Reibeisenstimme, Herr über Leben und Tod, so fassungslos gewesen, dass er kaum antworten konnte.

„Wieso das?“, hatte er gefragt.

„Es hatte keine Zukunft.“

„Wieso das?“, hatte er fast einfältig wiederholt.

War er so kindisch, sie nur als Saatbeet für sein Ebenbild zu betrachten? Weshalb hatte er sie jetzt ohne jede Vorwarnung zu einem möglichen Märtyrertod unter Leonards Kommando verurteilt? Übten andere Mitglieder des Armeerats, die ihre Direktheit nicht leiden konnten, Druck auf ihn aus? War es die Selbstmorddrohung seiner Frau oder schlichtweg ein raffinierter, kaltblütiger Schachzug? Über Leonard, der der Öffentlichkeit noch nicht bekannt war, wurde in eingeweihten Kreisen im Norden wie im Süden mit einem Respekt gesprochen, der fast schon der Ehrfurcht gleichkam – ein Umstand, der Burke nicht entgangen sein dürfte. Und weswegen war sie dabei? Sie versuchte, sich ihre an Hass grenzende studentische Ungeduld mit Eigenschaften, die den Iren angeboren schienen, in Erinnerung zu rufen: sinnloses betrunkenes Gerede, das zu noch mehr sinnlosem betrunkenem Gerede führte, die Unfähigkeit, klar zu denken und eiskalt zu handeln – „so wie die Briten", wie Burke ironisch anmerkte. Sobald sie dazugehörten, wurden Männer, die komplexe Persönlichkeiten zu sein schienen, zu gewöhnlichen Kreaturen, die um Einfluss rangelten, eine Mischung aus schwafelnden Linken und altmodischen Katholiken, angeführt von Burke, der, dessen war sie gewiss, an wenig anderes glaubte als an die eigene Macht.

Woran glaubte *sie* an diesem Augustabend, wie sie so in der Grafschaft Monaghan auf einem Stein am Ufer eines Baches saß? Zum Wasser sagte sie laut: „Ich weiß es nicht."

Vor den Bomben in Birmingham hätte sie diesen Bach und eine Reihe buckliger Felder durchqueren, im nächsten Dorf nach einem Taxi telefonieren und in Larne die Fähre ins Vergessen nehmen können, wie andere Unsichere, Verängstigte oder Desillusionierte.

Irgendwo bachaufwärts hörte sie den wehmütigen Ruf eines Brachvogels. Die Giebelwand des Hauses ihrer Großmutter ging aufs Meer. Nachts flitzten die Brachvögel den steinigen Meeresarm enlang, vorbei an Coolfada nach Dungarvan. Coolfada, ein gegen die Stürme mit Seil befestigtes Strohdach, Lehmboden, braun verfärbte Tünche, rauchvergilbtes Glas, Hühner, Hunde, Katzen, Mehlsäcke, ein Blasebalg und die ledergesichtige alte Frau, Blut von ihrem Blut, die

die Tiere verärgert auf Irisch anbrummte, morgens Sodabrot und süßer Tee aus einem Blechnapf, nachts tiefer Schlaf auf einer Ruhebank, die Laken aus Mehlsäcken zusammengenäht, Gott war Ebbe und Flut, und alles gehörte zusammen: Menschen und Äcker, Himmel und Meer, Leben und Tod. Das uralte Land der Kindheit – verloren.

Der Vogel rief jetzt aus der Nähe. Sie schaute in die untergehende Sonne, als er heranflog. Als sie zum Bach zurückblickte, schwamm etwas stromab. Binsen? Ein Moseskörbchen? Der Brachvogel, der über ihr kreiste, rief erneut, und sie dachte: „Ich halluziniere." Dann sah sie deutlich eine geflochtene hellbraune Einkaufstasche. Sie trieb an ihr vorbei, drehte sich im Seichten um sich selbst und erreichte an der Biegung eine tiefere Stelle. Plastik, trügerisch, ohne Kind. Sie hatte das Blut von ihrem Blut geopfert. Wofür? Für einen Traum? Nichts, dachte sie, war so verstaubt und engstirnig wie Nationalismus oder der tote, sentimentale Sog von Coolfada. „Nein", sagte sie laut. Sie hatte ihn frei gewählt, den im Wachen geträumten Alb der Aktion, die Kameradschaft von Männern, deren lebhafte Worte, deren Ziele und deren Gewalt ihr attraktiver, ehrlicher und hoffnungsvoller erschienen als die hohlen, abgefeimten Manöver von Politikern wie ihrem Vater, die sich bis zu einem anonymen Tod durch ihr kleinliches, gieriges Leben kämpften. Aus diesen Gründen und aus anderen, vielschichtigen und undurchsichtigen, war sie Mitglied geworden. Jetzt, wo sie das Gefühl hatte, in der Falle zu sitzen, verängstigt und verraten, war es eine Schwäche, zu sagen: „Ich weiß nicht", doch als sie an das Kommende dachte, war sie von der Gewalt nicht nur angewidert, sondern entsetzt bei der Vorstellung, ihr ins grausige

Antlitz schauen zu müssen. „O Gott", murmelte sie, aber da sie wusste, dass sie nicht an Gott glaubte, akzeptierte sie ihre Feigheit jetzt als etwas Natürliches. Ihr blieb keine andere Wahl, sie hatte sich entschieden; nun denn, es sei.

Als sie wieder angekleidet war, fühlte sie sich kühl und erfrischt. Prüfend betrachtete sie ihr Gesicht in dem kleinen Spiegel. Wer starrte sie daraus an? Wenn sie in der Lage wäre, den Geist hinter dieser Maske voll und ganz zu verstehen, könnte sie vielleicht auch andere ein wenig verstehen – und die Welt.

Als sie sich schminkte, bemerkte sie plötzlich etwas. War da jemand? Hastig sah sie sich um. Dreißig Meter stromab saß ein junger Mann am Ufer des Baches, nur sein Kopf ragte über das Gras und den Farn, ein weißes Fischbauchgesicht, wie es oft mit leuchtend rotem Haar einhergeht, kein Bauernbursche aus Monaghan. Er lächelte, und sein Lächeln wirkte anziehend und abstoßend zugleich. Sie steckte den Spiegel in ihre Handtasche, und sie spürte, wie Ärger in ihr aufstieg. Wie lange hatte er dort schon gesessen? Dass er gesehen hatte, wie sie sich in ihrem Spiegel überprüfte, war beschämender, enthüllender, als dass er sie vielleicht dabei beobachtet hatte, wie sie sich wusch. Die Seele war etwas Intimeres als der Körper. Hatte er sie laut reden hören? Noch immer lächelnd, bewegte er sich auf sie zu, mittelgroß, die üblichen Jeans, Polohemd, Jacke und Desert Boots.

„Was grinst du so?"

„Nichts Besonderes."

„Hat Leonard dich geschickt, damit du mich im Auge behältst?"

„Du hörst dich an wie jemand aus Dublin."

„Du hörst dich ganz so an wie jemand aus Fermanagh."

„Aus Derry, meine Liebe. Du zitterst ja ... du holst dir noch den Tod."

„Irgendwann schon, und du?"

Ihr Ärger belustigte ihn. „Tu bloß nicht so, als wär's dir peinlich, wenn dich ein Mann ansieht. Wie heißt du?"

„La Belle Dame sans Merci."

Das Lächeln verflog allmählich; sie wartete darauf, dass er sprach.

„Ich bin Jack Gallagher, und ich habe in vier Jahren fünf Männer umgelegt: drei Briten, einen RUC-Polizisten, einen UDR-Soldaten. Ich habe drei Kasernen in die Luft gesprengt und in der ganzen Provinz mehr als hundert Bomben gelegt, und wenn ich eine höfliche Frage stelle, erwarte ich eine höfliche Antwort."

Sie lächelte zu ihm auf und sagte: *„Je m'appelle Isabel Lynam, et je voudrais changer les choses telles qu'elles soient, sans des salopards comme toi, mais la cause a besoin de toi, comme les champs ont besoin du fumier des cochons."*

Etwas in seinem Gesichtsausdruck ließ auf eine gewisse Empfindsamkeit schließen. Selbstbewusst hielt sie seinem Blick stand, bis er sich abwandte und vom Bach in den verwahrlosten Garten ging. Kränkend und dumm von Leonard, sie so beobachten zu lassen. Sie hob ihre Handtasche auf in dem flüchtigen Bewusstsein, dass Zorn erträglicher war als Angst und beides erträglicher als Verzweiflung.

Als Gallagher auf den Hof kam, sah Leonard sofort, wie angespannt er war.

„Wenn ich Schweinemist bin", sagte er, „dann ist sie Spatzenscheiße. Bella Lynam, meine Fresse, ihr kennt euch, du hättest mich warnen können. Wozu all die Geheimniskrämerei?"

„Du hast sie gesehen?“

„Und gehört. Hat mir ins Gesicht gelächelt, mich auf Französisch Dreckskerl genannt, das bezieht sich auch auf dich, Junge, auf uns alle.“

„Ich habe gesagt, du sollst dich selbst nicht blicken lassen.“

„Ich war weiter unten am Bach, sie hat sich umgedreht und mich gesehen. Kommt sie heute Abend mit?“

Leonard nickte.

„Sie ist verdächtig.“

„Wir sind alle verdächtig.“

Sie hörten, wie Lynam mit leisen Schritten über den Hof kam, und Leonard legte den Zeigefinger auf die Lippen und machte eine kleine schweigengebietende Geste. Als sie um die Giebelwand des Toilettenhäuschens bog, war ihr Gesicht unergründlich. Leonard lächelte unsicher.

„Bella, das ist Jack Gallagher.“

„Wir sind uns bereits begegnet“, sagte Gallagher, ohne aufzuschauen.

Sie blickte Gallagher unverwandt an und sagte: „Ja, ich weiß, wer er ist.“

Leonard öffnete die Haustür, um sie einzulassen. Die Küche war erstaunlich: Wände, Zimmerdecke und Linoleum ein gewagtes Grün, Weiß und Gold, ein glänzender Resopaltisch, verchromte Küchenstühle mit Kunstlederbezügen. Über dem Herd ein riesiger Öldruck des Herzens Jesu zwischen einem Metzgerkalender und den beiden Johns, Kennedy und Roncalli, in lächelndem Profil gerahmt. Alle anderen freien Flächen auf Regalen und an Wänden wurden von Uhren eingenommen: Großvateruhr, Großmutteruhr, ein Dutzend Wanduhren, Pendeluhren, Kuckucksuhren, tickende Wecker und Marmoruhren, Bahnhofsuhren und Lesesaaluhren und ein sehr eindrucksvolles gusseisernes Exemplar vom Hof oder Stall eines Landguts. Der Raum schien ein einziger klickender Mechanismus. Als Lynam dies alles auf sich wirken ließ, hörte sie Leonard sagen: „Pacelli."

„Wie bitte?", fragte sie.

Leonard wiederholte: „Pacelli."

„Pius XIII.", sagte Gallagher.

Ein kleingewachsener Jugendlicher näherte sich, ein längliches, fast mönchisches Gesicht mit arglosen Augen unter krähenschwarzem Haar. Ein Killer? Ungläubig nahm sie seine Hand, als Leonard sie vorstellte.

„Isabel Lynam."

„Bella", sagte sie.

„Wir haben viel von dir gehört", sagte Pacelli. Die Stimme hatte einen scharfen Monaghan-Akzent, und das Lächeln war befremdlich, ebenso spöttisch wie beruhigend; er war älter, als er wirkte.

„Pacelli, und wie weiter?", fragte sie.

„McAleer", sagte er.

„Ein bisschen verrückt, wie alle McAleers in Monaghan", sagte Gallagher.

„Damit meint er, dass wir an Gott glauben, was er angeblich nicht tut."

Ein Imitat von Pacelli bog um den Fuß der Treppe, und Pacelli sagte: „Das ist Pascal, mein Bruder. Bella Lynam."

Als sie sich die Hände schüttelten, überlegte sie, ob es sich bei den Brüdern um Zwillinge handelte.

„Wie soll ich euch nur auseinanderhalten?", fragte sie.

„Pascal hat das größere Pendel", sagte Gallagher.

Leonard lächelte, und Pascal sagte: „Jack ist ein Scherzkeks."

„Aber mürrisch wie ’n Krebs.“

„Hör nicht auf ihn.“

„Keine Beleidigungen.“

„So ist er nun mal.“

„Er kann nicht anders.“

„Du wirst dich daran gewöhnen“, sagte Gallagher. „Der eine macht tick, der andere tack.“

Pascal richtete den Zeigefinger auf Gallagher, spreizte den Daumen ab, kniff ein Auge zu und sagte: „Eines Tages wirst du einmal zu viel gespottet haben, Junge.“

„Das überlasse ich Gott“, sagte Gallagher.

Für einen Augenblick herrschte Stille. Lynam war klar, dass die Brüder McAleer Gallaghers Blasphemie nicht billigten. Als sie Gallagher aus der Nähe betrachtete, bemerkte sie, dass seine Augen grün waren, das Weiße blutunterlaufen. Seine Anwesenheit erzeugte eine fast greifbare Spannung. Weil sie wusste, dass er ein Killer war und es genoss zu töten? Dann fragte Pascal: „Bist du mit dem Expressbus gekommen, Bella?“

„Mit dem Auto.“

Pascal lächelte und zitierte:

„Der Boyne bei Slane, Ardee im Regen
Nördlich nach Carrickmacross.
Dort starren dich die Felder an und sagen:
Die Ewigkeit ist kein Verlust.

Wie findest du unsere kleinen Hügel?“

„Hübsch.“

„General Owen Roe ist 1646 durch diese Gemarkung marschiert.“

„Ach ja?“

„Hat halb tot den Rückzug angetreten, Syphilis“, murmelte Gallagher.

„Was?“, fragte Pascal.

„Lagerfieber“, sagte Leonard.

„Liebesseuche, Pascal ... kann dir nichts anhaben“, erklärte Gallagher.

„Wovon redet er, Martin?“, fragte Pacelli.

Leonard zuckte die Schultern. „Wir verraten uns und werden verraten, und so haben wir immer wieder verloren.“

„*Das* hab ich nicht gemeint“, sagte Gallagher. „Owen Roe hat's versucht und verloren. Wir werden siegen oder bei dem Versuch sterben.“

„Dagegen ist nichts einzuwenden“, sagte Pascal.

„Ganz deiner Meinung“, fügte Pacelli hinzu.

Gallagher sah zu Lynam. „Was meinen Sie, Mademoiselle?“

Lynam starrte ihn lange an, bevor sie sagte: „Kleine Männer, die Giganten verhöhnen, sind lächerlich.“

Leonard wandte sich ab, damit Gallagher ihn nicht lächeln sah. Pascal, dem die zunehmende Anspannung nicht entging, schaltete sich ein, unterstützt von Pacelli.

„Die Mammy möchte dich kennenlernen.“

„Liegt oben im Bett.“

„Invalidin.“

„Seit fünf Jahren bettlägerig, Arthritis und eine Dosis anderer Sachen.“

„Sie wird's dir selbst erzählen.“

„Redet gern.“

Leonard gab Lynam zu verstehen, dass sie der Aufforderung nachkommen müsse. Sie folgte Pascal über das leuchtend grüne Linoleum und die schmale Treppe hinauf. Er öffnete eine Schlafzimmertür.

„Bella Lynam aus Dublin, Mammy, du hast von ihr gehört.“

Eine tiefe Frauenstimme im Zimmer gab Antwort. Pascal lächelte, als Lynam eintrat und er die Tür hinter ihr schloss. Mrs McAleer war eine gewaltige Person, eine irische Queen Victoria mit de Valeras Nase und Churchills Mund, ganz Kinn und Brust, ihr Bauch machte aus der Patchworkdecke ein Zelt, das Haar war zu einem Zopf geflochten und zu einem Knoten gesteckt, die Brillengläser so stark, dass ihre Augen in großem und permanentem Staunen hindurchspähten. Sie sah aus, als könne sie Pascal und Pacelli in ausgewachsenem Zustand zur Welt bringen. Als Lynam auf sie zutrat, hielt Mrs McAleer ihr eine plumpe königliche Hand hin. Lynam ergriff sie. Sie war feuchtkalt, die arthritischen Finger steif. Das Zimmer verströmte einen ganz persönlichen Fischgeruch, vermischt mit Desinfektionsmittel und Deodorant. Über einem Nachtstuhl blickte eine tränenüberströmte zarte Madonna, das Herz von einem Schwert durchbohrt, gen Himmel. Neben der Madonna ein Kalenderfoto von Patrick Pearse, das Haupt von einer Flammengloriole umglüht. Darunter hatte jemand mit rotem Kugelschreiber in Druckbuchstaben sein Gedicht „Die Mutter" geschrieben. Mrs McAleer sagte: „Sie sehen ja nicht mal aus wie zwanzig. Ich dachte, Sie wären älter."

„Ich fühle mich wie tausend."

„Werden Sie heute Abend dabei sein?"

„Ja."

„Haben Sie Angst, Tochter?"

„Natürlich."

„Es ist eine Freude, dass wir noch immer Ihresgleichen hervorbringen."

Der Fischhändlergeruch im Zimmer war erdrückend. Lynam trat zu einem halb offenen Fenster und blickte auf die abendliche Augustlandschaft hinaus.

Mrs McAleer klopfte auf die Patchworkdecke und sagte: „Sie können sich zu mir setzen."

„Eine herrliche Aussicht", sagte Lynam.

„So ist es, ein Wunder und eine Schande, wenn man an die Männer und Frauen denkt, die für diese krummen Hecken, Gräben und Feldwege gestorben sind, an das Blut, den Hunger, die Beerdigungen, das alte Leid. Auch ich habe mein ganzes Leben lang gelitten. Hughie, mein Mann, der da auf dem Foto, hat immer zu mir gesagt: ‚Hör zu, Rosie, hadere nicht mit Gottes Ratschluss, Er weiß es am besten.' Ein frommer Mann, ein empfindsamer Mann, konnte mir nicht genug Ärzte beschaffen, London, Belfast, Dublin, aber keine Heilung. 1957 haben sie ihn bei Armagh mit einer Knarre erwischt, gefoltert und fünf Jahre weggesperrt und ihn dann zum Sterben entlassen. In diesem Bett, seinem Sterbebett, hat er zu den Jungen gesagt: ‚Ich bin ein gebrochener Mann, Jungs, erledigt, aber ihr habt noch 'ne Rechnung offen', und sie noch halbe Kinder und ich ein halber Krüppel. Manchmal denke ich, das Leben ist 'ne größere Tragödie als wie der Tod. Der Arzt aus Dublin, Fagan, hat zu mir gesagt: ‚Mrs McAleer', hat er gesagt, ‚dagegen hilft nichts, da bleiben nur Aspirin und Geduld.' Und bei mir hab ich gedacht: ‚Geduld bis zum Tod.'"

Sie verstummte, um Luft zu holen und das Thema zu wechseln. „Was halten Sie von meinen Jungs, Tochter?"

„Scheinen nett."

„Klein, wie Hugh, aber mit großem Herzen und sauberem Lebenswandel, und sie sind mutig, rauchen nicht, trinken nicht, machen sich nicht an Mädchen heran wie dieser Gallagher und können alle Uhren der Welt auseinandernehmen und wieder zusammensetzen, und die Bomben! Nicht einer in diesem Land reicht an sie heran. Mr Burke hat's mir selbst gesagt: ‚Sie können stolz sein, Mrs McAleer, stolz, die werden ihre Belohnung erhalten, und Sie auch.' Jeden Tag danke ich Gott für meine drei grünen Felder und meine beiden tapferen Söhne."

Sie seufzte. Lynam war im Begriff, etwas zu sagen, als Mrs McAleer fortfuhr: „Ob Sie's glauben oder nicht, ich war auch mal so ein schmales Ding wie Sie. Und schauen Sie mich jetzt an. Wenn ich meine beiden Jungs nicht hätte, wäre ich geliefert, und ich könnte sie jederzeit verlieren, jeden Tag, jede Nacht, so wie heute Nacht, sie gehen los, und eines Morgens wird die Nachbarsfrau, die sich um mich kümmert, hereinkommen und sagen: ‚Ich fürchte, Mrs McAleer, ich habe eine schlechte Nachricht für Sie', und ich werde sagen: ‚Sind's meine Jungs, beide?' Und sie wird nicken."

Mrs McAleer senkte den Kopf und rezitierte:

„Herr, streng bist Du mit Müttern:
Wir leiden bei ihrem Kommen und ihrem Gehen;
Und ob ich ihnen auch nicht grolle, bin ich doch müde, so müde
Des langen Kummers – Und dennoch habe ich Freude:
Meine Söhne waren getreu, und sie haben gekämpft."

Mrs McAleer blickte auf. „Ich wäre nicht die Erste und auch nicht die Letzte, es ist der Preis der Freiheit; Sie sind zu jung, um diese Angst zu verstehen: Ihr eigen Fleisch und Blut, tot in der kalten Erde."

„Ich verstehe schon."

„Junge Mädchen wie Sie sollten sich nicht in Gefahr begeben. Krieg ist Männersache; wenn Sie den Briten oder den Protestanten in die Hände fallen, werden Sie ihnen niemals gewachsen sein. Weshalb sind Sie dabei, Tochter?“

„Das würden Sie nicht verstehen.“

„Wieso nicht?“

„Weil ...“ Angesichts der großen, alles verschlingenden Augen stockte Lynam, dann sagte sie: „Ich versteh’s ja selbst nicht.“

„Um Irland zu befreien, so einfach ist das.“

„Wofür?“

„Für uns.“

„Wovon?“

„Von ihnen.“

„Jetzt sind wir ... sie.“

Die puddingweißen Wangen zitterten, bis der Mund hervorstieß: „Niemals. Sie verachten uns, immer schon und für alle Zeiten.“

Vom Fenster aus sah Lynam, wie Gallagher den Hof überquerte und eine Segeltuchtasche in den Kofferraum des blauen Cortina legte. Leise sagte sie: „Wir sind schon vor langer Zeit gestorben, zusammen mit unserer Sprache.“

„Was sagen Sie da, Mädchen?“

„Zu siegen oder zu verlieren ändert nichts, weil Männer sich nicht ändern und Frauen auch nicht. Selbst der Blinde weiß, dass das Licht ins Dunkel führt.“

In dem Schweigen, das jetzt eintrat, hörten sie das Ticken der unzähligen Uhren unten in der Küche. Mrs McAleer öffnete den Mund, um etwas zu erwidern, zögerte und sagte dann fast zärtlich: „Sie klingen aufrichtig, beten Sie, Tochter?“

„Wenn ich mich fürchte.“

„Glauben Sie an Gott?“
„Nicht an Ihren.“
„An Jesus Christus?“
„Nicht an Ihren.“
Das große Gesicht verdüsterte sich wieder. Mrs McAleer, einem Zornausbruch nahe, sagte laut: „Es gibt nur einen Jesus Christus.“
„Dutzende, Mrs Mac, und sie hassen einander.“
Die lastende Stille, die nun folgte, wurde von einem plötzlichen Getöse von Kuckucksuhren und einem Dutzend widerhallender Gongs in der Küche unterbrochen.
„Sind Sie Kommunistin, Kind?“
„Ich bin dreiundzwanzig. Kunststudentin, einziges Kind von Willie Lynam, Gastwirt, Parlamentsabgeordneter und Säufer, von seiner Frau getrennt, meiner Mutter, die sich Pudeln und Jesuiten geweiht hat, und bald werde ich im Gefängnis, im Exil oder tot sein.“
Lynam verstummte und wandte sich vom Fenster ab. „Was ich bin oder denke, tut nichts zur Sache, aber ich freue mich, dass wir uns kennengelernt haben.“
Mrs McAleer deutete mit dem gekrümmten Zeigefinger stumm auf eine Kommode gegenüber dem Bett. „Die Schublade links oben, machen Sie sie auf.“
Lynam tat wie geheißen. Ein Pappkarton, eine große Plastikflasche und Dutzende leerer Aspirinfläschchen mit einer durchsichtigen Flüssigkeit.
„Öffnen Sie den Karton.“
Lynam hob den Kartondeckel ab und sah einen Vorrat Wundertätiger Medaillen und Kettchen.
„Nehmen Sie eine und ein kleines Fläschchen.“
Lynam kam sich albern vor, aber sie wusste, sich zu weigern wäre eine schwere Kränkung.
„Hier, Tochter ... setzen Sie sich.“

Mrs McAleer legte Lynam die Medaille um den Hals und ließ sie in ihre Bluse gleiten. Lynam steckte das Aspirinfläschchen in ihre Handtasche.

„Sie wissen, was das ist?"

„Weihwasser?"

„Noch besser, Wasser aus Lourdes; sie glaubt an Sie, Mädchen, passen Sie gut darauf auf."

In einem krebsartigen Zangengriff hielt Mrs McAleer sie mit steifem Daumen und Zeigefinger fest. Aus der Nähe wirkten die beiden in dem schlaffen Gesicht schwimmenden großen Augen wie aus einer Karikatur von Hogarth.

„Hab mir immer eine Tochter gewünscht. Wenn ich eine hätte, wäre sie nicht so besorgt wie Sie. Zu viel Bildung ist der Ruin der Welt, alles, was man braucht, ist Glaube an Gott und seine heilige Mutter, an das eigene Volk und das eigene Land."

„Auf Wiedersehen, Mrs McAleer."

„Gott sei mir dir, Kind."

Lynam schloss leise die Tür und blieb verstört in dem schmalen Gang stehen. Mrs McAleer war eine ländlich-republikanische Ausgabe ihrer vornehm tuenden Mutter, die eine nicht abreißende Folge von Jesuiten zum Ausgleich für schalen geistlichen Trost mit australischen Soldatenkeksen und Kaffee fütterte. In allen Teilen der Insel war Lynam Männern und Frauen begegnet, die über alle Maßen unwirklich schienen. Ein Geschlecht inzüchtiger Irrer? Manchmal hatte es den erschreckenden Anschein.

Unten konnte sie Leonard reden hören. Als sie um den Fuß der Treppe bog, fuhr er mit dem Zeigefinger über eine Landkarte oder zeichnete etwas. Sie ging eben auf den Tisch zu, da kam Gallagher zur Haustür herein, das kalte Gesicht zu einem Ausdruck amüsierter Verachtung verzogen. Ohne Ironie fragte Pascal: „Du hast deine Medaille, Bella?“

„Ja.“

Und Pacelli setzte hinzu: „Dein kleines Fläschchen?“

Lynam nickte.

„Noch aus der Vorkriegszeit“, sagte Gallagher. „Trink’s, und du wirst dir Typhus holen.“

Fast wie aus einem Mund sagten Pascal und Pacelli: „Beachte ihn gar nicht.“

„Der ist so erzogen.“

Gallagher lächelte und sagte: „Tick-tack, tick-tack.“

„Können wir bei der Sache bleiben?“, fragte Leonard, den Zeigefinger auf einer Zeichnung. Zu Lynam sagte er: „Du wirst mit mir fahren. Ich weise dich unterwegs ein.“

„Kann ich mitkommen und zusehen?“, fragte Gallagher.

Einen Moment schien es, als wollte Leonard antworten. Aber es war Pacelli, der sprach: „Nicht nötig, so zu reden.“

„Wie?“

„So anzüglich“, sagte Pacelli.

„Was zum Teufel hab ich denn gesagt?“

Lynam entfernte sich. Keiner sprach, und sie las, mit dem Rücken zum Tisch, die Bildunterschrift auf dem Metzgerkalender. Dann sagte Pascal: „Das gehört sich nicht, kein Mann sollte vor Frauen so reden.“

„Du gehst ihr doch völlig am Arsch vorbei, Junge, ich, wir alle.“

„Kannst du das beurteilen?“, fragte Leonard.

„Kann ich“, antwortete Gallagher.

Immer noch mit dem Rücken zu ihnen sagte Lynam: „Soll er doch ficken, so viel er will, wenn er sich männlich dabei vorkommt.“

„Dich nicht“, sagte Gallagher. „Ich wühle nicht im Abfall.“

Den Brüdern McAleer war sehr unbehaglich zumute. Leonard sagte leise: „Jack, bitte.“

Lynam sah sich um. Leonard war bleich. Unter seinem blinden Auge zuckte ein Nerv. Sie blickte auf das grüne Linoleum und war sich eines plötzlichen Adrenalinausstoßes bewusst. Wie immer, wenn sie angespannt war, lächelte sie. In dem Schweigen, das folgte, schienen die Uhren mit einem Mal hysterisch zu werden.

„Verdammte Weiber, vermasseln einem alles“, sagte Gallagher mit zusammengepressten Lippen.

Leonard wusste, dass das Ganze hauptsächlich seine Schuld war. Burkes verschlüsselte Nachricht hatte ihn angewiesen, ein Auge auf sie zu haben. Der Vorfall am Bach war bedauerlich. Jeder der beiden McAleers hätte sich diskreter verhalten, und Gallagher wäre vorsichtiger zu Werke gegangen, wenn er gewusst hätte, wer sie war. In Gallaghers Augen waren Frauen nur zum Vögeln da, in Gräben oder Autos. Er rühmte sich seiner Fähigkeiten als Liebhaber und als Killer – wie die Mädchen wimmerten, wie seine Anschlagsziele sich drehten, taumelten und stürzten; Datum, Straße und Gemarkung, alles sorgfältig nach Dublin gemeldet: Geschichte. Eine üble Aura des Erfolgs umhüllte ihn, den Epileptiker, die schwarze Fahne der Gewalt und des Todes. In der anhaltenden Stille blickte Leonard von Gesicht zu Gesicht, das von Gallagher war unbewegt, die Gesichter der Brüder McAleer verrieten, dass sie sich der Ungehörigkeit bewusst waren. Lynam hielt den Kopf gesenkt. Lächelte sie? Mit Nachdruck sagte er: „Das reicht jetzt.“

„Ach, hör doch auf, Martin.“

Gallagher zeigte mit dem Abzugsfinger auf Lynam. „Wir wissen alles über sie, Bella Donna nennt Burke sie, sie ist das reinste Gift, vielleicht Staatsschutz, Dublin oder London, alles dasselbe. Du spielst den vornehmen Herrn aus Belfast, und sie lacht über dich ... über uns alle ... Schau sie doch an, für sie sind wir Lachnummern."

Aller Augen waren auf Lynam gerichtet. Sie hob den Kopf und erwiderte ihre Blicke, ihr Gesicht war nicht zu enträtseln. Leonard schwieg, um sich zu sammeln. Als er eben sprechen wollte, ertönte von oben eine Glocke.

„Mutter Lourdes am Apparat", sagte Gallagher.

Die beiden McAleers eilten zur Treppe. Leonard sah auf seine Armbanduhr.

„Noch fünf Minuten, Jungs, nehmt Abschied." Zu Gallagher sagte er: „Spuck's aus, und die Sache ist gegessen."

Gallagher sagte: *„Thíos ansin ag an abhainn thug tú cailleach orm; sula rachaimid áit ar bith anois gabhfaidh tú mo leithscéal.*"

Lynam war verblüfft, und es verschlug ihr für einen Augenblick die Sprache. Ihre schmalen Wangen färbten sich leicht. Dann nickte sie in Richtung Leonard und sagte: „Ich habe mich über ihn geärgert, nicht über dich."

„*Mea culpa*, das war dumm von mir."

„Darauf trinke ich", sagte Gallagher und ging zu einem Schrank neben dem Herd. Er holte eine Flasche Powers Gold Label heraus und füllte drei schlichte Trinkgläser bis zur Hälfte. Aus einem Krug goss er Wasser nach, reichte Leonard und Lynam ein Glas, hob sein eigenes und sagte: „Auf ein freies Irland."

„Was immer das bedeutet", murmelte Lynam.

Gallagher setzte sein Glas ab. „Von der Mitte bis zum Meer, Mädchen, das bedeutet es." Er unterbrach sich, blickte ihr aufmerksam ins Gesicht und sagte: „Und keine faulen Händel, keine Kompromisse mehr, keine feinen katholischen Herren auf Pferden, die uns vorschreiben, was wir denken sollen, keine Murphys als Richter, die uns einsperren lassen, weil sie Angst haben, keine miesepetrigen Protestanten, die uns als weißen Niggerabschaum auspeitschen, kein selbstgefälliger Klerus, der sich hinter Requisiten und Reichtümern versteckt und über Gewalt jammert, keine Schickeria, keine Nadelstreifenanzüge, die das halbe Land aufkaufen; das bedeutet es, Lynam." Er schwenkte sein Glas. „Und Tod allen Verrätern! Wirst du darauf trinken?"

„Darauf trinke ich."

„Glaubst du daran?"

„Ich trinke darauf."

Sie war erschrocken, weniger über das, was er sagte, als über die redegewandte Eindringlichkeit, den zuckenden Mund und die blutunterlaufenen Augen, den gedämpften Zorn und die kaum gezügelte Gewalt, mit der die Worte aus ihm hervorbrachen. Hatte sie ihn am Bachlauf fälschlich als angeberischen Schwachkopf eingeschätzt? Das war er auch, zugleich aber mehr. Konnte Leonard, konnte irgendjemand eine solche Kreatur im Zaum halten? Der kalte Whiskey brannte sich durch ihre Kehle und verbreitete in ihrem leeren Magen eine verschwommene, betäubende Wärme. In fünf Minuten werde ich betrunken sein, dachte sie, und am Montag vielleicht schon tot. Gallagher fügte jetzt hinzu: „Und auf einen erfolgreichen Auftrag."

„Ich setz noch eins drauf", sagte Leonard, hob sein Glas und senkte die Stimme. „Auf die Welt", sagte er, „und auf eine sozialistische Zukunft."

„Hat sie denn eine?“, fragte Lynam.

„Kannst du gar nichts durchgehen lassen?“, fragte Gallagher.

„Auch darum geht der Kampf“, schaltete Leonard sich ein.

Sie tranken, und Gallagher sah Lynam an. „Und jetzt auf *deinen* Traum.“

Eine Weile herrschte Schweigen, bis sie mit einem sonderbaren Lächeln sagte: „Auf Leben und Tod.“

Sie zögerten.

„Wessen Tod?“, fragte Gallagher.

„Auf den Frieden“, sagte sie.

„Das klingt schon besser“, sagte Leonard und begriff, dass ihr ebenso klar war wie ihm, worauf sie sich einließen. Der Armeerat, war ihm gesagt worden, habe sich auf zwei Sitzungen ausschließlich mit der „Inver-Aktion“ befasst. Die erste Abstimmung fiel gegen, die zweite für die Aktion aus. Drei lange Tage und schlaflose Nächte war er in Dublin instruiert worden. Damals hatte Burke gesagt, er werde vielleicht jemanden zur Unterstützung schicken, aber kein Wort darüber verloren, dass es Lynam sein würde. Seitdem hatte Leonard Tag und Nacht an nichts anderes gedacht, hatte versucht, die Aktion im vorhinein zu rechtfertigen, Angst und Zweifel auszuschalten. Reichtum und Privilegien der Armstrongs auf den beiden Inseln und in Europa waren durch Gewalt und Betrug ergaunert worden, über Jahrhunderte hinweg von Kirche und Gesetz bewilligt und bewahrt. Dies sagte er sich wieder und wieder. Falls London sich weigerte, zu verhandeln, würden sie töten und sich töten lassen müssen. Die lautstarken Verurteilungen, die danach einsetzen würden, hatten nichts zu bedeuten; sie wären mit sich im Reinen. Zwei Jahre zuvor hatte er bei

Strabane einen Soldaten erschossen, und eine von ihm gelegte Bombe hatte eine Mutter und ihr Kind getötet. Es war schmerzlich, in Zeitungen Bilder zu sehen und Berichte zu lesen. Manchmal hörte er im Schlaf Geschrei und wachte schweißgebadet auf. Anders als Gallagher hatte er nie das Gesicht eines Opfers gesehen, es auch nicht sehen wollen. Diesmal würden sie einander achtzehn Stunden oder länger in einem Zimmer gegenübersitzen. Als die McAleers die Treppe herunterkamen, fragte Leonard: „Uhrzeit?"

Pascal und Pacelli sahen auf ihre Armbanduhren, lächelten die Uhren an den Wänden an und sagten: „Zwanzig Uhr fünfundzwanzig."

„Exakt."

Gallagher und Leonard glichen ihre Uhren ab, und Leonard sagte: „In fünf Minuten brechen wir auf."

Pascal und Pacelli gingen zu Leonard und schüttelten ihm in feierlichem Ritual die Hand. Dann wandten sie sich Lynam zu. Sie war im Begriff, ihre Hand auszustrecken, als Pascal sie auf die eine Wange küsste, Pacelli auf die andere. Beide hatten ein freudiges und zugleich hinterlistiges Lächeln aufgesetzt, das im Widerspruch zu ihren arglosen Augen stand. Gallagher beobachtete, wie sie zur Tür hinausgingen, folgte ihnen, drehte sich um und sagte: *„Slán."*

„Slán", sagten Leonard und Lynam gleichzeitig.

„Haben sie schon einmal getötet?", fragte sie.

„Ja."

„Beide?"

„Ja."

„Und du?"

„Ja."

„Alle außer mir."

„Vielleicht wirst du's diesmal müssen."

„Ich weiß."
„Hast du eine Waffe?"
„Nein."

Leonard setzte sein Glas ab. Sie stellte fest, dass er es kaum angerührt hatte. Er ging zu dem Einbauschrank, in dem Gallagher den Whiskey gefunden hatte, zog zwei Regalborde heraus, entfernte ein dahinter befindliches loses Brett und steckte seine Hand in einen Hohlraum. Er holte eine kleine Pistole hervor.

Als er ihr erklärte, wie sie zu handhaben sei, schien seine Stimme weit entfernt. Sie konnte sehen, wie sein vernarbter Daumen den Sicherungshebel drückte und sein Zeigefinger sich um den Abzug krümmte. Dann die Worte: „Ganz einfach, Sicherungshebel, sanfter Druck, hier umlegen, kann man gar nicht verfehlen, halt die Schusshand mit der anderen Hand am Gelenk fest, so." Gallaghers Whiskey-Ration schien die phallisch schimmernde Schrecklichkeit in Leonards Händen nur noch zu verstärken. Er öffnete den Schnappverschluss ihrer Handtasche und warf die Pistole hinein. Hätte er seinen Reißverschluss geöffnet, ein benutztes Kondom abgestreift und in ihre Handtasche fallen lassen, sie wäre weniger schockiert gewesen. Ihr Schweigen entging ihm nicht.

„Alles gut?"
„Bestens."

Während er die Haustür aufhielt, rief er: „Montag spätnachts, Mrs Mac."

Die tiefe Stimme oben sandte einen grabesdüsteren Segensspruch herab.

Der Cortina fuhr vorneweg, Pascal am Steuer, Gallagher auf dem Beifahrersitz, Pacelli im Fond. Nachdem sie auf einer Nebenstraße zehn Minuten lang in die zunehmende Dämmerung hinausgejagt waren, kamen sie an einem Schild mit der Aufschrift NICHT GENEHMIGTE STRASSE vorbei.

Vom Rücksitz aus grinste Pacelli ihnen zu und reckte seinen Daumen in die Höhe. Leonard nickte und erwiderte das Zeichen.

„Jetzt wird's ernst", sagte er.

Lynam antwortete nicht. Nach anderthalb Kilometern sagte sie: „Wir sind tot."

„Das denke ich jedes Mal und bin doch noch am Leben."

„Das hier ist etwas anderes."

„Schwieriger ... Wenn's das nicht wäre, würde es sich nicht lohnen."

„Angenommen, wir werden unterwegs angehalten, von der Polizei oder der Armee?"

„Das werden wir nicht."

„Angenommen?"

„Die Straße ist überprüft worden, ebenso sämtliche Nebenstraßen."

„Wie?"

„Freunde."

Der Cortina bremste ab und bog nach links in eine Nebenstraße. Als Leonard ebenfalls abbremste, sagte er: „Peinlich ... die Sache am Bach, tut mir leid."

Lynam sagte eine Minute lang nichts, dann fragte sie: „Wo hat er Französisch gelernt?"

„In der Bretagne. Bei den bretonischen Freiheitskämpfern."

„Wird er tun, was du sagst?"

„Jack? Ich glaube schon."

„Du glaubst?"

„Ich bin sicher."

„Er ist paranoid, schizoid."

„Er ist Epileptiker.“

„Irgendwas hab ich geahnt, die ungesunde Gesichtsfarbe und dieses Herumgetobe.“

„Wenn’s darauf ankommt, zu töten, wird er nicht viel Worte machen.“

„Kein Mitleid?“

„Nein“, antwortete Leonard, „er ist ein Tausendprozentiger und tödlich.“

„Was hat Burke dir gesagt?“

„Wenn’s was Ernstes wäre, wärst du nicht hier.“

„Sag’s mir.“

Leonard zögerte, bevor er sagte: „Jeder, der zwei Ehen zerstören und in einem Jahr drei Mal was an die Presse durchsickern lassen kann, gehört in die Werbung oder in ein Bordell.“

„Er ist ein verlogenes ... Reptil.“

„Sind wir alle, falls du der Presse, den Kirchen und den Politikern glaubst.“

In wenigen Sätzen umriss Leonard, was sie zu tun hatte. Er fragte, ob sie verstanden habe. Sie bejahte. Inzwischen fuhren sie durch das Halbdunkel eines Waldes, weg von den kleinen hügeligen Feldern mit ihren Böschungen aus Dorngestrüpp und verkrüppelten Eschen. Sie jagten an einem Pförtnerhäuschen aus Kalkstein vorbei, umdrängt von Nadelbäumen, die sich bis in das alles verhüllende Dunkel erstreckten. Auf einer kreisförmigen Lichtung hundert Meter weiter stand ein Obelisk, auf dessen Sockel in goldenen Lettern eine Inschrift eingemeißelt war. Mit einem Kopfnicken deutete Leonard hin und sagte: „Den Toten zweier Weltkriege.“

„Ist das Inver?“

Leonard nickte. Der Cortina hatte hundert Meter vom Denkmal entfernt angehalten, wo die hohe Gutsmauer von einem umstürzenden Baum zerschmettert worden war. Gallagher und Pascal waren durch die Mauerlücke gestiegen. Pacelli nahm die Segeltuchtasche aus dem Kofferraum und folgte ihnen. Leonard parkte hinter dem Cortina und stellte den Motor ab. Als Lynam über die Mauertrümmer stieg, erblickte sie weiter unten Wiesen und einen langgestreckten See, und jenseits des Sees, eingebettet zwischen Bäumen und Buschwerk, die Umrisse eines hohen Hauses im Tudor-Stil.

Millicent stellte das Tablett auf den Tisch in der Anrichtekammer, stöpselte den elektrischen Kaffeeperkolator ein und sah zu, wie ihr Vater Portwein dekantierte. Sie wartete darauf, dass er etwas sagte.

„Ich habe mit ihr gesprochen."

„Wann?"

„Vor dem Abendessen."

Der Colonel steckte den Korken fest in die leere Portweinflasche, als seine Tochter sagte: „Ihre Bluse ist falsch geknöpft und hängt hinten raus, und beim Abendessen war sie wie ein Zombie."

„Wenn sie redet, ist sie noch schlimmer."

„Es ist schrecklich, so etwas zu sagen, Vater, aber ich reise am Montag ab, wenn sie nicht ... Heute bei der Show, das kann ich ja noch verstehen, aber an anderen Tagen, wo hat sie ihn nur her?"

„Die Bediensteten sind ‚loyal'."

„Warum ist sie so unglücklich?"

„Warum kommt der Winter?"

„Im Festzelt ist sie hingefallen, als Alex kam, um sie ..."

„Ja, ich habe davon gehört."

„So eine Spottgeburt von Mann."

„Er ist gütig, liest viel, das haben sie gemein."
„Macht es dir denn nichts aus?"
Der Colonel war auf die schwere getäfelte Schwingtür zugegangen, die in den Salon führte. Die Frage zu bejahen wäre nicht ganz aufrichtig. Wenn er sie verneinte, hätte es den Anschein, als ob er seine Frau, ihre Mutter, nicht liebte oder achtete; dabei hatte er in Wahrheit die Affäre aus einem Schuldgefühl heraus begünstigt. Er betrachtete die Karaffe Portwein und sagte: „Ja und nein."
„Das ist keine Antwort."
„Die beste, die ich dir geben kann."
Da sie nur zu sechst waren, saßen sie vor dem reichverzierten Adam-Kamin im langen, hohen Salon um einen kleinen ovalen Jagdtisch, der bis auf zwei Aschenbecher, Portweingläser und einige Kristallgläser inzwischen abgedeckt war, Harriet am Kopfende dem hohen, breiten Erkerfenster gegenüber, das nach Südwesten über den See blickte. Während des ganzen Abendessens hatte sie zugesehen, wie hinter den Waldungen von Inver und Shannock eine dunkelrote Sonne unterging und den See inmitten der stillen Landschaft in eine blutig klaffende Wunde verwandelte. Als sie jetzt hinsah, gerann das Blut zu einem schwärzlichen Marineblau, und See, Feld und Wald verschmolzen mit der Nacht.

Caldwell hatte fortwährend geredet und Beachtung gefunden. Harriet zündete ihre letzte Zigarette an und beobachtete seine Lippen, die ständig in Bewegung waren. Sie verabscheute die klugen blauen Augen hinter dem stählernden Brillengestell, die unerträglich schleppende Sprechweise, die elegante braune Safarijacke und das cremefarbene Seidenhemd, das nahtlos in seine fast weiblich wirkende Haut überzugehen schien. Alex nickte, gelangweilt, wie sie fand. Kanonikus Plumm wirkte aufmerksam. Plötzlich wurde sein Gesicht noch breiter. Er gab ein kurzes, onkelhaftes Lachen von sich. Mit seinem langgestreckten linken Zeigefinger tippte sich Caldwell lächelnd auf die Spitze seiner zierlichen Nase. Harriet fielen die makellos gepflegten Fingernägel auf. Irgendein gereimter Witz? Sie hatte ihn überhört. In die kurze Gesprächspause hinein sagte sie ungewöhnlich laut: „Wie dumm von mir, aber ich glaube, ich habe die Pointe verpasst."

Der Colonel stand am anderen Ende des Tisches. Als er sich setzte und die Karaffe mit dem Portwein abstellte, sagte er mit leiser Schärfe: „Vielleicht hast du nicht zugehört, Liebling."

Caldwell sagte: „Es war nichts Besonderes."

„Aber Kanonikus Plumm hat gelacht", sagte Harriet. „Es muss amüsant gewesen sein."

Eine Weile blieb es still. Harriet blickte von Gesicht zu Gesicht, dann begann sie: „William Wordsworth saß behaglich an seinem Kamin und sagte zu Charles Lamb: ‚Ich könnte Stücke wie Shakespeare schreiben, wenn mein Geist willig wäre', und Lamb erwiderte: ‚Aber Willie, es mangelt dir nicht an Willen, es mangelt dir an Geist.'"

Alex Boyd-Crawford lächelte; er hatte die Anekdote schon einmal gehört. Niemand sonst reagierte. Harriet fuhr for: „Oscar Wilde hat ihn um diese Antwort beneidet, wussten Sie das, Professor?"

„Nein."

„Schüchterner Mann, dieser Lamb, ganz seiner Schwester ergeben, reizende Essays."

Harriet sah, dass die Fingerknöchel ihres Mannes weiß anliefen, als er die Hände zu Fäusten ballte. Er würde doch wohl nicht etwa auf den Tisch schlagen?

Sie hielt den Blick gesenkt und hörte Caldwell sagen: „Eher krank als lustig, würde ich meinen."

„Was?", fragte Harriet.

Kanonikus Plumm erklärte: „Professor Caldwell hat uns von einigen Grabinschriften im Virginia des achtzehnten Jahrhunderts erzählt."

„In welchem Virginia?"

„Vereinigte Staaten."

„Grabinschriften?"

„Ja."

„Lustige, Professor?"

„Ungewöhnliche", antwortete Caldwell.

„Auf unserem Friedhof hier ...", setzte Kanonikus Plumm an, als Harriet ihm plötzlich ins Wort fiel: „Scheußliches Thema, wirklich."

Auf dem italienischen Zierfries suchte sie nach einem Wort, fand es und äußerte entschieden: „Grässlich ... nervtötend ... Wenn man darüber nachdenkt ... Dein Reich komme ... So etwas Dummes, grauenvoll ..." Sie hielt inne. „Aber das Leben selbst, da gibt's die wahren Komödien, denn Menschen tun die sonderbarsten, die peinigendsten, die grausam-komischsten Dinge ... Freunde, Nachbarn, Nationen ... Wenn ich an die Dinge denke, die wir alle einander antun im Lauf des Lebens, in der Mühle der Geschichte, muss ich so lange lachen, bis mir die Tränen kommen."

Harriet senkte den Kopf. Sie zitterte und vergaß, was sie sagen wollte und warum, sie merkte nur, dass Milly ein Tablett mit Kaffeetassen und dem Perkolator auf den Tisch gestellt hatte und sich jetzt setzte.

„Was wollte ich sagen, Alex?"

„Etwas über das Leben, meine Liebe."

„Ach ja, ein Beerdigungswitz, den Dr. Caldwell erzählt hat ... Ich hatte die Pointe verpasst, und das ist ein Defekt: nicht für die Feinheiten zivilisierter Nekrophilie empfänglich zu sein."

Der Colonel sagte kalt: „Harriet."

„Ja, Liebling?"

„Möchtest du Kaffee einschenken?"

„Ich mache das", sagte Millicent.

Sie sahen ihr beim Einschenken zu, und jeder bediente sich, als sie Zucker und Sahne anbot.

„Manche Gräber", sagte Alex vage, „sind selbstgeschaufelt."

„In der Tat", sagte der Colonel und blickte seine Frau direkt an. Hinter diesen Augen, dachte sie, ein Geist, so fremd wie sein verschlossenes Arbeitszimmer. Der Charme war für andere bestimmt, dieser geneigte Kopf, als könne er für immer zuhören. Ihr hörte er schon lange nicht mehr zu, es sei denn, sie schrie. Was hatte sie geliebt oder zu lieben geglaubt? Die soldatische Körperhaltung, die anmutigen Manieren, die Familienbesitztümer in behaglichem Tudor-Stil. Er wusste genau, was sich im Haus befand, wer es erworben hatte, wo, wann, warum, bis zu welchem Wert es versichert war. Ja. Bei Versicherungen kannte er sich aus. „Irgendeine Police gegen ein welkendes Herz, Nobby?" An jenem Abend hatte er gelächelt, als habe sie eine alberne Frage gestellt, jenes Lächeln, das er aufsetzte, wenn er sich mit ihrem begabten, unberechenbaren Vater unterhielt, dessen Geld die kostspieligen Wirtschaftshöfe, das Melkkarussell, die Ställe voller Kühe und brüllender Jungstiere hatte finanzieren helfen. Irgendwann gegen Tagesanbruch hatte sie drei wertvolle Teller gegen die Tür seines Arbeitszimmers geschleudert. Weder damals noch seither hatte er ihren Gefühlsausbruch erwähnt. Die Panzerung unendlicher Höflichkeit, dahinter etwas Herzloses: unmenschlich.

Laut sagte sie: „Unmenschlich."

Niemand schien sie zu hören. Mittlerweile hatte sich das Gespräch dem Erwerbsleben, der EWG und der Landwirtschaft zugewendet. Landwirtschaft. Ihr galt seit dem Krieg seine eigentliche Hingabe; seine Hobbys waren Militär- und Lokalgeschichte: *Die Armstrongs in Ulster. Der Beitrag der Invasoren.*

In den Veranstaltungsräumen eines Hotels in Armagh war sein Vortrag vor der Clogher Historical Society – Katholiken und Protestanten, zumeist Lehrer und Geistliche – gut aufgenommen worden. Sie hatte ihn vorher durchgelesen und fand ihn fad und tendenziös. Als er ihn hielt, im Stehen, mit warmer, gleichmäßiger Stimme, klang er human, pflichtbewusst, liberal. Aus irgendeinem Grund mag ihn jeder, dachte sie, vielleicht bin ich ja nur eifersüchtig. Ja. Die ganze Korrespondenz mit Denis Brogan, die sie ihm verübelte, bis sie sich in Cambridge begegnet waren, ein irisch-schottischer Professor mit Portweingesicht, erstaunlich weißem Haar und einem so komplexen und umfassenden Verstand, dass seine Zunge kaum hinterherkam, eine Seele, die eher für Poesie und Philosophie empfänglich war als für die brutalen Fakten und Farcen des Krieges. Im Vergleich dazu war Caldwell ein intellektueller Eunuch, ein schöner, geschliffener neuenglischer Eunuch. Jetzt merkte sie, dass alle auf Alex schauten. Sie betrachtete seinen gespitzten Mund und zwang sich zu verstehen, was er sagte. Er verstummte, zuckte die Achseln und fuhr fort: „Wir haben nie Papisten eingestellt, Familientradition; die betrügen alle, lügen und stehlen, sind schmutzig, unachtsam, abergläubisch, dumm; wenn man das vom Kindergarten an hört, ob richtig oder falsch, bleibt es meist haften."

„Tatsache, Sir", sagte Kanonikus Plumm. „Die haben einen noch niedrigeren IQ als Neger, ein amerikanischer Professor hat es bewiesen, stimmt's, Dr. Caldwell?"

Caldwell dachte einen Augenblick nach und sagte: „Die Studie ist umstritten, Kanonikus."

„Bei den Iren vielleicht, bei sonst niemandem; was die da unten in sechzig Jahren verbrochen haben, steht außer Zweifel: Dublin haben sie ruiniert, die Briefkästen grün angestrichen und mehr Geisteskranke und Alkoholiker pro Quadratkilometer hervorgebracht als jedes andere Land der Welt. Das ist erwiesen."

Harriet trank ihr Glas Portwein aus und wischte sich mit der Serviette über den Mund.

„Hast du nicht gesagt, Milly, dass unsere wunderhübsche Grafschaft die schlimmsten Wohnungsprobleme dieser Inseln hat?"

„So ist es", antwortete Millicent.

„Sie werden feststellen", sagte der Kanonikus, „dass Papistenhaushalte nicht einmal Wohnbeihilfe in Anspruch nehmen, die sind einfach faul, und die Verantwortung dafür hat Rom."

„Rom?", fragte Harriet.

Der Kanonikus lächelte, schüttelte geduldig den Kopf und murmelte: „Italien, Spanien, Portugal, Lateinamerika."

Er öffnete die Hände und schürzte die Lippen. Die Schießscheibe war so ungeheuer groß, dass er nicht recht wusste, wohin er zielen sollte. Plötzlich traf er: „Nehmen Sie Plunkett, den Rebellenpriester, aufgehängt wegen Hochverrats. Sie haben vor, ihn dieses Jahr heiligzusprechen."

Er hielt inne und starrte einem nach dem anderen ins Gesicht. „Hier predigen ihre Bischöfe gegen Gewalt, derweil sich der Papst in Rom den Bombenwerfern und Mördern der IRA anschließt."

Er verstummte abermals. „Das ist nicht nur bösartig; das ist Politik und kriminell."

Es entstand eine verlegene Pause, bis Harriet sagte: „Wir haben Jeanne d'Arc verbrannt. Sie haben eine Heilige aus ihr gemacht."

„Das ist etwas anderes."

„Wirklich? Natürlich, ich verstehe nichts von Politik; Nobby schon, und Professor Caldwell ist Experte. Was halten Sie davon, Professor, als Außenstehender? Werden wir in unseren Betten erschossen, ins Meer getrieben, was meinen Sie?"

„Möchten Sie eine Antwort?"

„Ich habe eine Frage gestellt."

„Unwahrscheinlich ... unplausibel."

„Und was ist plausibel?"

Stuart Caldwell rührte zehn Sekunden lang in seinem Kaffee. Er wusste, keine Antwort würde sie zufriedenstellen.

„Ich denke", sagte er ruhig, „dass die Briten irgendwann abziehen und dass der Norden und der Süden sich irgendwann aussöhnen werden, mit oder ohne Bürgerkrieg. Mehr lässt sich unmöglich sagen."

Fast unhörbar murmelte Harriet: „Tiefsinnig."

Der Colonel fragte in eisigem Ton: „Hast du denn eine Lösung, meine Liebe?"

„Nein, aber ich finde, dass der Kanonikus eben genauso bäurisch geklungen hat wie Paisley, nur ohne dessen großmäuligen Charme, und in seinen amerikanischen Professor, den IQ-Experten, habe ich ebenso wenig Vertrauen wie in irgend sonst etwas aus dieser glorreichen Zivilisation."

„Mutter!"

„Du hast einen Hochschulabschluss, meine Liebe, was haben sie dir am Trinity College beigebracht? Still zu sein, wenn Leute Unfug reden?"

Harriet sah über den Tisch hinweg zu ihrem Mann. Jahrhundertealte Arroganz in diesen Bluthundaugen, die aus dem langen, farblosen Habichtgesicht starrten, der eisengraue Schädel und der gestutzte Schnurrbart, der einen strengen Mund säumte. Sie schaute aus dem Fenster, über den See.

Der Colonel sah über den Tisch hinweg zu seiner Frau, die seinen Blick mied. Am Vorabend war sie am Tisch eingeschlafen. Er hatte das Personal gehen lassen und Milly dabei geholfen, acht Gästen das Abendessen zu servieren. Heute Abend war ihr Benehmen noch viel peinlicher. Natürlich war John Plumm ein bigotter Langweiler, aber auf seine Art meinte er es gut, außerdem war er ein sehr alter Freund. Stuart war viel zu weltläufig, um sich auf betrunkene Launenhaftigkeit einzulassen. Morgen, wenn sie sich dunkel daran erinnerte, was sie gesagt hatte, würde sie leiden. Er zürnte ihr, und er bedauerte sie.

Plötzlich stand Harriet auf und ging mit bedächtigen Schritten zur Tür der Anrichtekammer. In das anhaltende Schweigen sagte Alex: „Ausgezeichneter Kaffee ... ausgezeichnet."

„In der Tat", bestätigte Caldwell.

Der Colonel erhob sich ebenfalls und sagte zu Kanonikus Plumm und zu Caldwell: „Es tut mir leid."

Der Kanonikus schüttelte den Kopf und murmelte etwas. Caldwell lächelte und machte eine kleine Handbewegung. Der Colonel folgte Harriet. Sie stand mit einem großen Glas Whiskey an der Spüle und blickte in die Augustnacht hinaus. Der Colonel näherte sich ihr leise, griff nach ihrem Handgelenk, nahm ihr das Glas aus der Hand und ging zum Tisch. Voll ungläubiger Wut sah sie zu, wie er den Whiskey in die eben geöffnete Flasche Haig zurückgoss, dann hörte sie sich sagen: „Das war sehr dumm von dir."

„Du bist gewarnt worden, Liebling. Du bringst dich noch um."

„Ich bin schon tot."

„Betrunken, meine Liebe, und das Dumme ist, dass du stürzen und dir den Schädel aufschlagen oder das Auto zuschanden fahren wirst."

„Eine willkommene Erlösung."

Der Colonel studierte das Etikett auf der Flasche und sagte: „Irischer Whiskey ist billiger als Scotch und macht dich schneller betrunken. Wenn du noch ..."

„Eine willkommene Erlösung, habe ich gesagt. Und du wirst mich nicht länger so demütigen."

Der Colonel beobachtete sie ungerührt, ein erfahrener Politiker, der wegen eines unbedeutenden Zwischenrufers innehält. Er blickte von dem gescheuerten Kiefernholztisch zu ihren glasigen braunen Augen und sagte mit wachsender Schärfe: „Wenn du noch weinerlicher wirst, als du's jetzt schon bist, Gäste so beleidigst, beim geringsten Anlass hysterisch lachst oder unverständliche Verse brabbelst, werde ich jemanden kommen lassen."

Andeutungen dieser Art hatte er früher schon gemacht; jetzt hatte er es ausgesprochen. Sie spürte, wie ihre Wut sich zu Zorn steigerte.

„Jemanden."

„Jemanden Kompetentes."

Sie kehrte ihm den Rücken zu und sagte zum Fenster: „Wenn du einen Seelenklempner für mich kommen lässt, Nobby, werde ich telefonieren und jemanden für *dich* kommen lassen ... ebenfalls kompetent."

Es trat eine sehr lange Pause ein, bevor der Colonel sagte: „Was willst du mir damit sagen, Liebling?"

„Ich durchschaue ihn mit geschlossenen Augen."

„Wen?"

„Caldwell."

„Du magst ihn nicht?"

„Er macht mich krank; ich will, dass er geht."

„Das hättest du auch so sagen können."

Der Colonel ging wieder in den Salon. Harriet lehnte weiter an der Spüle und stützte sich mit beiden Händen ab. Für einen Moment kam ihr der Tisch wie ein Floß vor, das auf einer sanften Brandung trieb. Sie schloss die Augen. Die Tür, die von der Anrichtekammer in den Küchenflur führte, hatte sich leise geöffnet, oder hatte sie es sich nur eingebildet? Sie schlug die Augen auf und sah einen jungen Mann mit blutrotem Haar über einem leichenblassen Gesicht. Er richtete eine Pistole auf sie. Er winkte sie von der Spüle weg. Eher ungläubig als ängstlich steuerte sie, wie angewiesen, auf den Tisch zu und dachte bei sich: Ich träume. Der junge Mann verriegelte die Tür, durchquerte die Anrichtekammer, verschloss auch die Tür zur Eingangshalle, ging zur Spüle, zog erst die Fensterläden, dann die Vorhänge zu und zeigte auf die Tür, die in den Salon führte. Als sie die grün bespannte Tür öffnete, erblickte sie einen weiteren jungen Mann, hochgewachsen und mit schwarzem Bart, der mit einer Pistole am anderen Ende des Zimmers stand, neben ihm ein Mädchen mit nervösem schmalem Gesicht und schwermütigen Augen. Das Mädchen hielt keine Pistole in der Hand. Der Mann mit dem

Bart sprach: „Niemand hat etwas zu befürchten, sofern unsere Forderung erfüllt wird."

Der rothaarige junge Mann ging durch den langen Salon, ließ vor dem Erkerfenster die Jalousien herunter, zog die schweren Gobelinvorhänge zu und achtete darauf, dass weder in der Mitte noch an den Enden ein Spalt offen blieb.

Die Familienporträts an den Wänden blickten gelassen auf die nach oben gerichteten Gesichter um den ovalen Jagdtisch. Jedes Gesicht drückte ein unterschiedliches Maß an Unverständnis und Unglauben aus. Die Tomkin-Uhr auf dem hohen Kaminsims tickte gleichmäßig in der Stille, die Leonards kryptischer Ankündigung folgte, in der Feuerschale knisterten die Birkenscheite. Lynam, die von Gesicht zu Gesicht blickte, erschrak über den jähen Schock des Wiedererkennens: „Nein ...! Ja ...? Trinity College ...? Armstrong ...? Gütiger Gott ...!" Drei Jahre zuvor hatten sie in denselben Französisch-Tutorien gesessen. Sie konnte sehen, dass die junge Armstrong ihren Augen nicht traute. Zu Lynam sagte sie: „Bist du's?"

„Ja", antwortete Lynam.

Sie hörten, wie sich oben im Haus quietschend die Fensterläden in den rostigen Scharnieren drehten, das Kratzen eiserner Haken, das Kreischen langer Nägel, die in Türen, Architrave, Fenster getrieben wurden.

Leonard schaltete die Beleuchtung ein.

„Wie viele?", fragte der Colonel.

„Noch zwei."

„Wie lange werden Sie uns gefangen halten?"

„Bis morgen Mittag, es sei denn, man gibt uns, was wir verlangen."

„Und das wäre?"

„Drei Männer aus Long Kesh."
„Und wenn nicht?"
„Sieht's düster aus ... für uns alle."
Gallagher trat heran, nickte zum Tisch hin und flüsterte: „Der Herr Staatssekretär ... er ist schon weg!"
„Wir begnügen uns mit denen hier."
„Schlechter Start."
„Gutes Omen."
Der Colonel, der sie beobachtete, erriet den Inhalt ihres Wortwechsels und sagte: „Sie wissen, was Sie versuchen, ist nicht nur fehlgeleitet, sondern schlichtweg dumm."

Der rothaarige junge Mann verzog das Gesicht zu einer kurzen Grimasse. Der Mann mit dem Bart, offenkundig der Anführer, erwiderte den Blick des Colonels. Sein linkes Auge war tief in die Höhle gesunken, schwere Lider über einer vorspringenden Nase, ein dichter Bart, der den maskenhaften Eindruck noch verstärkte. Nachdem er gesprochen hatte, hatte der Colonel das Gefühl, handeln zu müssen. Ohne zu wissen, was genau er beabsichtigte, stand er auf und ging auf Leonard zu. Dessen Lippen bewegten sich kaum, doch aus dem Bart ertönte nachdrücklich eine Stimme: „Keinen Schritt weiter."

Der vernarbte Zeigefinger an Leonards linker Hand wies steif auf ihn. Die Wirkung war bedrohlicher als die einer Pistole. Irgendein Instinkt bedeutete dem Colonel, dass dieser Mann ein Profi war und ohne zu zögern töten würde. Er blieb stehen, blickte auf die Karaffe Portwein und sagte: „Sie haben erwartet, meinen Schwiegersohn hier anzutreffen. Er führt den Vorsitz bei einem Symposium an der Queen's University. Ich hätte gedacht, dass Sie das wissen – es stand in allen Zeitungen. Mit einem alten Soldaten, seiner Familie und zwei, drei Freunden werden Sie kein Geschäft machen – das funktioniert nicht. Sie werden uns umbringen müssen – man wird Sie umbringen –, und es wird nichts gewonnen sein außer negativer Propaganda für Sie und mehr Arbeit für die Bestattungsunternehmer, und die sind in dieser Provinz weiß Gott schon überarbeitet. Seien Sie vernünftig. Sie können immer noch abziehen."

„Ihre Armee ist bereits verständigt", sagte Leonard. „Sie ist auf dem Weg."

„Wenn sie sich bei Belturbet nur nicht verfährt", murmelte Gallagher.

„Guter Gott", sagte Kanonikus Plumm fast im Flüsterton.

„Ich denke, Sie sollten wissen", sagte der Colonel, „dass dieser Gentleman ein amerikanischer Professor ist."

Gallagher erwiderte: „Genauso gut könnte er ein australisches Känguru sein."

Leonard nickte zustimmend. „Er ist nun mal hier, und er bleibt hier, bis wir entscheiden ... ansonsten hat er nichts zu befürchten. Das Haus wird hermetisch abgeriegelt, bis auf die Vordertür und die Eingangshalle, das Zimmer hier, die Anrichtekammer und die Toilette."

Der Colonel sagte: „Sie kennen das Haus gut."

„National Trust", antwortete Leonard. „Die Pläne sind verfügbar und eindeutig."

Während das Gehämmer oben seinen Fortgang nahm, sah Harriet ihren Mann an. „Wir werden bei lebendigem Leibe begraben, Nobby."

Milly sagte: „Mutter, ich finde ..."

„Wir können doch reden, oder?"

„So viel Sie wollen", sagte Leonard.

„Dann denke ich, dass wir uns einander vorstellen sollten."

Schweigen, dann sagte Leonard: „Unsere Namen tun nichts zur Sache."

„Unsere schon ... Ich bin Harriet Armstrong, und das ist mein Mann Norbert, neben ihm sitzt Stuart Caldwell, Professor für Militärgeschichte. Ein Gegenstand, der sich meiner Ansicht nach in nichts von Pornographie unterscheidet ... Ich lese viel Lyrik ... Dylan Thomas zumeist."

Milly sagte: „Mutter, das ist nicht hilfreich."

Leonard sagte: „Ich bin durchaus interessiert."

„Zum Hohn", sagte Millicent bissig.

„Ich sagte ‚durchaus'."

Harriet fuhr fort: „Der Professor weiß wahrscheinlich mehr über die IRA als irgendeiner von euch Leuten."

„Das bezweifle ich", sagte Gallagher.

„Und dies", sagte sie und streckte die Hand zu Alex aus, „ist Alex Boyd-Crawford, der sich zurückgezogen hat ... Wovon hast du dich zurückgezogen, Alex?"

„Von allem", antwortete Alex.

„Außer von wohltuender Höflichkeit und Wärme ... menschlicher Wärme ... selten in dieser kalten Welt ... Und dieser umständliche Mann neben mir ist der liebe Kanonikus Plumm, Pfarrer der Kirche von Inver, ein Experte in Bienenzucht." Sie hielt inne und lächelte, bevor sie hinzufügte: „Und den Machenschaften des Vatikans ... Und meine Tochter Millicent, vierundzwanzig Jahre alt, verheiratet ..."

„Harriet, du hörst jetzt auf zu reden." Die Stimme des Colonels knarrte einen harten, scharfen Befehl hervor.

Harriet zuckte die Schultern, hob eine leere Zigarettenschachtel auf, prüfte sie, wandte sich an Gallagher und fragte: „Haben Sie eine Zigarette?“

Ohne zu antworten, holte Gallagher mit der freien Hand eine Packung hervor und warf sie auf den Tisch.

„Danke.“

Als Harriet sich eine Zigarette ansteckte, musterte Gallagher die sechs Gesichter rund um den Tisch, dann fing er an, im Salon auf und ab zu gehen. Ein, zwei Mal blieb er vor Familienporträts stehen und schaute in den großen vergoldeten Spiegel über dem Kaminsims, der die um den Tisch sitzenden Geiseln einrahmte. Diese sahen jetzt einander in die Augen wie Passagiere an Bord eines Flugzeuges oder eines Schiffes, wenn ein Motor in Flammen aufgeht oder eine Stimme plötzlich vor einem ernsten Notfall warnt. Der Mann mit dem Bart, ganz offensichtlich der Anführer, wirkte fast sorglos, so wie er jetzt mit leiser Stimme zu dem Mädchen sprach. Der rothaarige junge Mann schien unter hoher Anspannung zu stehen und bei weitem der Gefährlichste zu sein. Hin und wieder zuckte das Handgelenk mit der Pistole unwillkürlich, so wie der Schwanz eines eingesperrten Tigers.

Als Lynam ihn beobachtete, begriff sie mit wachsendem Entsetzen, dass er diese innere Anspannung so lange ausstrahlen würde, bis er Blut geschmeckt hätte. Er wollte töten oder getötet werden, und sie fragte sich, ob dieser verborgene Instinkt, wenngleich weniger ausgeprägt, auch in ihr selbst, in Leonard, in den McAleers wirkte. Dann sah sie, wie sich der Colonel über die Rückenlehne des Stuhls beugte, auf dem der Amerikaner saß, und etwas zu seiner Tochter sagte. Diese fragte: „Kann ich uns Whiskey holen?“

„Von wo?“

„Aus der Anrichtekammer."

Leonard nickte und sagte leise zu Lynam: „Du gehst mit."

Millicent stand auf. Lynam folgte ihr in den mit Holz getäfelten Raum und blieb vor einer Anrichte mit Tellerbord stehen, die mit Spode- und Wedgwood-Porzellan und orientalischer Keramik bestückt war. Oben stand eine Reihe Zinnbecher und andere Zinngefäße. Millicent ging in die Hocke, griff in einen Eckschrank und holte zwei Flaschen Bushmills hervor. Sie war sich bewusst, dass Lynam hinter ihr stand. Sie richtete sich auf, drehte sich um und sagte: „Als ich deine Stimme hörte, wusste ich es gleich ... Isabel Lynam?"

„Ja."

„Leidenschaftliche Debattiererin, wie ich mich erinnere. Ich habe damals zugehört, ich werde jetzt zuhören."

„Das hier ist keine Universitätsdebatte, und ich wusste nicht, dass du hier wohnst. Misslich."

„Du gehörst der Provisorischen IRA an?"

„Offensichtlich."

Millicent stellte die beiden Flaschen auf den gescheuerten Kiefernholztisch und senkte die Stimme: „Die beiden entsetzlichen Kerle da drin ... mit solchen Visagen. Ich kann mir vorstellen, dass sie zu allem bereit sind ... aber nicht du."

„Einer hat Abitur, und ich finde ihre Gesichter weniger entsetzlich als die gemalten Gesichter an euren Wänden."

„Du wirst mich, meine Eltern, meine Freunde, einen Geistlichen kaltblütig umbringen?"

Lynam antwortete nicht.

„Du kannst verstümmeln, verkrüppeln, Unschuldige blenden ... wofür?"

„Du bist nie kolonialisiert worden, du würdest es nicht verstehen."

„Ich kann's versuchen, wenn du's erklären kannst."

Die furchtlose Haltung und die arrogante Stimme wirkten herablassend. Sie hatte langes flachsblondes Haar, makellose Haut und forschende braune Augen, war wortgewandt wie ihre Mutter, aber weniger verletzlich. Plötzlich fühlte sich Lynam wie auf der Anklagebank, bedrängt von einer feindseligen Zeugin, einem selbstbeherrschten Vorzeige-Mädchen mit der typischen Denkweise der Oberschicht. Sie hielt ihrem Blick stand und sagte: „Das muss ich nicht."

„Du kannst es nicht. Du bist mit deinen Kommilitonen durch die Kneipen gezogen, hast deine Affären in Studentenbuden gehabt, bist getrampt und hast dich bekifft, und jetzt ist dein Studium abgeschlossen. Arbeiten ist langweilig, was also jetzt? Hinterzimmerpolitik mit blindwütigen Mördern. Noch ein bisschen Terror, bevor du stirbst. Dafür habe ich nicht einmal Verachtung übrig."

Lynam reagierte nicht. Nach einer Weile fragte sie: „Du bist verheiratet?"

Überrascht blickte Millicent auf ihren Ehering. „Im Januar soll ich mein erstes Kind zur Welt bringen ... Bedeutet dir das irgendetwas?"

„Steinbock."

„Was!?"

„Steinbock."

„Du bist doch kein Mensch mehr."

„Gestern hat Victoria Regina Magnifica fünf Pfund für die irische Hungerhilfe gespendet und in derselben Woche fünf Pfund für einen britischen Hundefonds."

„Gestern?"

„Sie lebt noch immer ... Wenn ihr aufhört, uns zu töten, hören wir auf, euch zu töten. So einfach ist das."

„Was habe ich ... was haben wir damit zu tun, dass ihr getötet werdet?"

„Alles."

„Du bist nicht zurechnungsfähig."

„Doch, sehr, und ein Mensch, und betrübt wegen deines Kindes. Falls ich irgendetwas für dich tun kann?"

Die Tür ging auf, und plötzlich stand Gallagher in der Anrichtekammer. Er zögerte und blickte von einem Mädchen zum anderen, dann ging er zwischen ihnen hindurch und nahm auf dem Weg zur Spüle ein kristallenes Trinkglas vom Tisch. Millicent verließ den Raum. Gallagher füllte das Glas drei Mal bis zum Rand und trank ohne innezuhalten aus, dann hielt er das Glas ins Licht.

„Waterford, achtzehntes Jahrhundert, Hugenottenramsch."

Er ließ das Glas fallen; es zersplitterte in der mit Teakholz verkleideten Spüle.

„Ein kultureller Sieg der Protestanten. Das *Book of Kells* haben sie auch geklaut ... Wie geht's dem Mädchen?"

„Gut."

Einen Augenblick betrachtete er sie schweigend, dann sagte er: „Ich mag dich, Lynam."

„Tust du nicht, und das beruht auf Gegenseitigkeit."

Gallagher blinzelte eigentümlich, fuhr sich mit der Zunge über die Oberlippe und fragte: „Warum?"

„Dass du mit deinen Tötungsaktionen angibst, ist widerwärtig."

„Ist das so?"

Gallagher sah sie an, seine Augen wanderten langsam von ihren Beinen über ihren Körper bis zu ihrem

Gesicht. „Du doppelzüngige Schlampe ... predigst Töten und scheißt auf die, die es tun. Du bist wie dein Alter, Lynam, ein republikanischer Schwindler."

Er ging auf die Tür zu, drehte sich, als er sie öffnete, noch einmal um und sagte: „Eins noch, *Mise Éire nua*, eine falsche Bewegung ...", er wedelte mit seiner Pistole, „ich werde ein Auge auf dich haben. Ich traue dir nicht."

Als Gallagher fort war, sagte Lynam leise: „Ich mir auch nicht."

Gallagher kam an dem Tisch vorbei, an dem Caldwell den Whiskey ausschenkte, und sagte: „Genießen Sie ihn, Sir."

„Werd's versuchen", sagte Caldwell.

Leonard hatte einen der verschnörkelten Stühle zum Erkerfenster gezogen, dessen Läden geschlossen waren – ein Ein-Personen-Publikum, dem das Gemurmel und die Bewegungen rund um den Tisch nicht entgingen und dem sich die Gesichter nach dem ersten Wortwechsel eingeprägt hatten. Je mehr Zeit verging, desto genauer würde er jedes dieser Gesichter kennen, und sie kaltblütig zu töten, falls es dazu kommen sollte, wäre umso schrecklicher. Als er dem Hämmern der McAleers über sich lauschte, spürte er die eigene Anspannung und malte sich das kehlige Brüllen der Schweine und der Sarazenen aus, die in weniger als fünfzehn Minuten aus Lisnaskea eintreffen würden.

Als er Gallagher jetzt durch den Salon stapfen sah, merkte er, dass er froh war, ihn zu sehen. Bei Burke hatte er vehement dagegen protestiert, ihn auf diese Mission mitnehmen zu sollen, und darauf hingewiesen, dass er Epileptiker war und sich als unberechenbar erweisen mochte. „Du wirst noch froh sein, ihn dabeizuhaben", hatte Burke gesagt. Gallagher trat näher, beugte sich zu Leonard und sagte leise: „Hab gehört, wie Lynam zur Tochter gesagt hat: ‚Falls ich irgendetwas für dich tun kann?'"

„Sie waren zusammen auf der Universität."

Gallagher blieb neben Leonard stehen und beobachtete die Tischgesellschaft. „Selbstgefällig ... Schau sie dir an ... Wir sollten etwas zerschmettern, sie auf dem Tisch tanzen lassen, sie mit ausgebreiteten Armen an die Wand stellen."

„Sinnlos, Jack, entspann dich."

„Mach ich."

Ohne Vorwarnung trat Gallagher vom Erkerfenster zu den deckenhohen Bücherregalen auf beiden Seiten des Kamins. Dort blieb er etwa eine Minute lang stehen und las die Titel. Dann legte er seine Pistole auf den hohen Kaminsims, nahm ein Buch zur Hand und las: „*The Unfinished War* von Eric Moore Ritchie."

Er schlug das Buch auf und las die Titelseite vor: „*The Drama of Anglo-German Conflict in Africa in Relation to the Future of the British Empire*. Acht Karten, veröffentlicht in London, 1940. Einschließlich der Feldzüge in Ostafrika, Kamerun und Togoland."

Gallagher hielt inne und sagte: „Oder: wem gehören die Nigger samt Klöten und Kröten."

Er stellte Eric Moore Ritchie wieder ins Regal, zog ein weiteres Buch heraus und las abermals vor: „*Pigsticking or Hoghunting. A Complete Account for Sportsmen; and Othe*rs von Sir Robert Baden-Powell, veröffentlicht London, 1924."

Gallagher blickte zum Colonel und fragte: „Enoch Powells Urgroßpapa?"

Er stellte Baden-Powell zurück und sagte: „Nichts in unserer Kultur, was dem gleichkommt ... Da fühlt man sich doch gleich unterlegen ... demütig ... Wir haben noch einen weiten Weg vor uns ... wir Moor-Iren mit unseren Stubenschweinen ... Jawohl, Sir, noch einen weiten Weg."

Er schnappte sich einen Stuhl, rückte ihn an den Tisch und setzte sich zwischen den Colonel und Boyd-Crawford.

„Möchten Sie mir nicht ein Schlückchen eingießen, Sir?"

„Selbstverständlich", antwortete der Colonel.

Der Colonel schenkte ihm großzügig ein.

„Sie kaufen irischen?"

„Nordirischen", sagte Kanonikus Plumm.

„Wir wissen schon, an die Maische lassen sie Eingeborene nicht heran, wir haben eine lange Liste solcher Firmen. Ich mache da keinen Unterschied ... Auf Ihre Gesundheit."

Gallagher trank und sagte: „Sie sind Amerikaner, Sir?"

„Das ist richtig."

„Caldwell ... Fermanagh-Stammbaum ... Guter Siedlername ... Auch Nixon ... Großartige Leute ... Verwandtschaft mit jemandem im höchsten Amt ... Sie schreiben an einem Buch über die ‚Unruhen', Professor?"

„Recherchen."

„Worüber?"

„Ulster unter Elizabeth I."

„Die jungfräuliche Königin in Ulster?"

„Sie selbst ist nie hierhergekommen."

„Tatsache? Sie war ja auch keine Jungfrau, oder? Aber gute Schlächter hat sie sich ausgesucht ... Männer mit mächtigen Schwertern ... dicken Kanonenkugeln ... Genauso heute ... Schöner Tag zum Killen, haben die Fallschirmjäger in Derry gesagt, die Springer von Lizzie II. Das irische Wort *kill* bedeutet Kirche ... und *cuill* bedeutet Wald ... Dunkelheit und Tod ... Könnte Ihnen heute Abend ein bisschen Irisch beibringen ... ein paar traurige Lieder ... Wir haben Hunderte davon ... Aber dieser Krieg ist nicht lustig, er ist hässlich, sehr, sehr hässlich, und wir werden dafür sorgen, dass er hässlich bleibt, bis er vorbei ist."

Gallagher leerte den Rest seines Whiskeys und blickte schweigend von einem Gesicht zum anderen.

„Ich unterhalte mich gern, aber was ich sage, gefällt Ihnen nicht. Ich merk's an Ihrem Schweigen. Aber vielleicht verbessert sich die Atmosphäre ja im Lauf des Abends. Wir müssen auf den Fortschritt hoffen, hin zu einem allgemeinen Verständnis der zugrundeliegenden Spannungen, die unsere uralten Kulturen seit mehr als sieben Jahrhunderten trennen. Wir sind zugrunde gegangen, Sie dagegen haben weich gelegen."

Mit dem Kolben seiner Pistole hackte Gallagher plötzlich ein Kreuz in das Furnier des Tisches. „Das Kreuz und das Schwert: die Herrlichkeit Europas."

Dann legte er die Pistole auf den Tisch und ließ sie mit dem Zeigefinger herumwirbeln. Während sie sich im Kreis drehte, sagte er zu Caldwell: „So machen sie das in Ihren Western."

Die Pistole kam zum Stillstand, und der Lauf wies auf Alex Boyd-Crawford. „Als Erster ein Fossil!"

Gallagher zog das Hörgerät aus Alex' Brusttasche, hielt es wie ein Mikrofon und fragte laut: „Glauben Sie, es besteht Hoffnung auf Frieden in unserer Zeit, Sir?"

Alex zuckte zusammen und zog die Hörmuschel heraus, als Gallaghers Stimme in seinem linken Trommelfell explodierte. Mit einer jähen Bewegung riss Gallagher ihm das Hörgerät aus dem Jackett und warf es auf die Fliesen vor dem Kamin, wo es zerbrach.

„Sowieso taub ... ihr alle ... Ihr werdet hübsch zuhören, bevor wir abhauen."

Harriet durchbrach das Schweigen, das entstanden war: „Ich glaube, er meint es ernst, Nobby."

„Jedes Wort", sagte Gallagher.

Ungerührt wandte sich der Colonel an Leonard: „Sollten Sie nicht das Kommando hier führen?"

Leonard antwortete nicht und sah weiter zu, bis er Gallaghers Blick auf sich lenkte. Gallagher kam und hockte sich vor ihn, um zuzuhören.

„Sie werden bald hier sein."

„Ich kann nicht still sitzen."

„Dann lauf herum."

Die Tür zur Eingangshalle ging auf. Pacelli McAleers schwarzer Schopf zeigte sich. Er grinste und kam herein, unmittelbar gefolgt von Pascal, der die Segeltuchtasche trug. Pascal lächelte Leonard zu.

„Das wär's, alles vernagelt, verdrahtet und verriegelt."

Mit gespielter Ehrfurcht sah sich Pacelli in dem prächtigen Salon um.

„Verdammt, der macht wirklich was her."

„Is' ja 'n richtiger Palast, Mann, ein Palast."

„Oben stehen Betten, so groß wie die Küche in 'ner Sozialwohnung."

„Kann 'ne ganze Famillje drin schlafen."

Beide starrten auf das Ganzkörperporträt eines Richters mit Perücke und roter Robe, der ein Pergament in der Hand hielt.

„Wie ein Haus, das Geister nährt", sagte Pascal.

Pacelli griente. „Alle möglichen Geister, nur nicht den Heiligen Geist."

Als Lynam aus der Anrichtekammer kam, kramte Pascal in der Segeltuchtasche und begann, Tränengasmasken auszuteilen. Gallagher streifte sich eine der Masken über, ließ sie um den Hals baumeln und sagte: „Weihnachten mitten im August; danke, Santa; du steckst voller Überraschungen."

Leonard zeigte auf die Tür zur Anrichtekammer und sagte: „Da draußen, Jungs: drei Türen. Bewacht sie."

Die McAleers verließen den Salon, gefolgt von Gallagher. Als Lynam auf Leonard zuging, um sich zu ihm zu gesellen, sah sie das zerschmetterte Hörgerät vor dem Kamin.

„Was soll das?"

„Jack, angespannt, genau wie wir ... und leicht verkatert."

„Die Tochter ist schwanger."

Leonard reagierte nicht.

„Können wir sie gehen lassen?"

Leonard nickte.

„Jetzt gleich?"

„Noch nicht. Wie fühlst du dich?"

„Ängstlich. Was nun?"

Leonard schaute auf seine Armbanduhr und sagte: „Truppen aus dem zweiten Eden, dem halben Paradies."

„Wie lange noch?"

„Sie sind spät dran."

Noch während er sprach, hörten sie in der Ferne das Motorgebrumm von gepanzerten Fahrzeugen und Jeeps – ein Konvoi, knapp eine Meile entfernt. Leonard stand auf und baute sich in der breiten Laibung der Tür auf, die zur langen Eingangshalle führte. Lynam folgte ihm und blieb neben ihm stehen; ihr Herz zersprang fast, als sich das Brummen zu einem kehligen Gebrüll verstärkte. Gallagher war wieder im

Salon, setzte sich auf den Stuhl, den Leonard geräumt hatte, und zielte mit der Pistole auf den Tisch.

„Die Armee des Weltreichs, voll Bohnen und bitterem Bier, ich konnte riechen, dass sie kommen."

Es dauerte fünf Minuten, bis die gepanzerten Fahrzeuge die lange Auffahrt zur Front des Anwesens heraufrollten und kreischend und Kies spritzend zum Stehen kamen. Stille, dann das Geräusch massiver, mit Stahl verstärkter Türen, die zuknallten, Stimmen, kryptische Kommandos, ein Suchscheinwerfer, der durch die Glasscheiben der hohen Vordertür leuchtete. Lynam zitterte so heftig, dass sie das Gefühl hatte, ihre Beine würden nachgeben. Sie flüsterte Leonard ins Ohr: „Martin."

„Ja?"

Es war das erste Mal, dass sie seinen Namen benutzt hatte.

„Ich kann nicht."

„Kannst was nicht?"

In tiefem Dunkel stand sie neben ihm.

„Töten."

„Kannst du das andere?"

„Ich glaube schon."

Leonard nickte und sagte: „Dann raus mit dir."

Aus dem Schrecken des Stillhaltens bewegte sie sich in den Strahl des Suchscheinwerfers der Armee. Sie schloss die Vordertür auf, schob den Riegel zurück und trat ins Freie. Als sie die breiten Granitstufen hinabstieg, war sie sich der Schatten hinter den gepanzerten Fahrzeugen und den Jeeps bewusst. Der Suchscheinwerfer wurde leicht geschwenkt, um ihren Abstieg zu verfolgen. Auf einem Treppenabsatz blieb sie stehen und schirmte die Augen gegen das aggressive Licht. Dann schleuderte sie ihre Stimme gegen die massigen dunklen Formen.

„Ich will den befehlshabenden Offizier sprechen."

„Hier drüben", meldete sich von rechts eine Stimme mit Sandhurst-Akzent.

„Hierher", sagte sie als Antwort auf die Stimme.

Dreißig Sekunden schienen zu verstreichen, bevor sie über den Kies knirschende Schritte auf sich zukommen hörte, dann forsche Lederstiefel auf Steinstufen. Schließlich stand er vor ihr und blockierte das Licht: Khaki, Armeepullover, breiter Ledergürtel, schwarzes Barett. Sie blickte direkt auf seine Brust und fragte: „Sie wissen, wer wir sind?"

„Ich kann's erraten."

„Wen halten wir in Gewahrsam?"

„Das Personal hat Einzelheiten durchgegeben."

„Wir verlangen, dass Daniel Quinn, Peter McIntyre und John Fannin bis morgen Mittag hierhergebracht werden, außerdem einen Hubschrauber."

Er zog ein Notizbuch hervor und begann zu schreiben. Sie war versucht zu sagen: Können Sie sich nicht drei Namen merken? Sie blieb stumm. Als er die Namen notierte, fragte er: „Hochrangige Burschen?"

„Ausgebildete Killer wie Sie."

Obwohl sein Gesicht im Dunkel lag, konnte sie sehen, wie sein Mund erstarrte.

„Und wenn nicht?"

„Können Sie das nicht auch erraten?"

„Sie müssen es schon sagen."

„Wir richten einen von ihnen am Mittag hin, danach alle sechs Stunden einen."

Der Offizier wiederholte die Namen korrekt. Lynam nickte und sagte: „Ein Überraschungsangriff, und es ist aus und vorbei."

Ohne Vorwarnung trat er aus dem Licht ins Dunkel. Als sie sich umwandte, um wieder zur Vordertür zu gehen, erlosch der Suchscheinwerfer. Jetzt, dachte sie und rechnete damit, dass ein Dutzend Soldaten an ihr vorbei durch die Tür stürzen würde wie eine Meute Rugbyspieler. Nichts dergleichen geschah. Sie gelangte zur Tür, ging ins Haus, machte die Tür zu, schloss ab, schob den Riegel vor und hörte Leonards Stimme.

„Und?“

„Er hat die Namen notiert.“

„Ganz Rommel. Was sonst noch?“

„Nichts, er hat zugehört und sich dann verflüchtigt.“

„Wie hat sich's angefühlt?“

„Als stünde ich auf der Bühne.“

„Gut gemacht.“

Jetzt wo sie handeln konnte, fühlte Lynam sich gestärkt, ja geradezu beschwingt, und sie fragte sich, wie es kam, dass sie weniger Angst davor hatte, Schusswaffen gegenüberzustehen, als davor, sie abzufeuern.

„Was jetzt?“

„Beobachten und abwarten.“

„Ich meine, was ich gesagt habe, bevor ich hinausgegangen bin.“

„Dazu wird es nicht kommen.“

Sie gingen in den Salon.

Alex Boyd-Crawford hatte sich vom Tisch erhoben. Er stand für sich allein und wirkte schockiert, verloren. Harriet ging zu ihm. Er betrachtete ihren Mund und las von ihren Lippen.

„Lieber Alex ... komm, setz dich.“

„Es geht schon.“

„Hast du Angst?“

„Vielleicht haben sie gedacht, ich sehe gefährlich aus ... Meinst du, dass ich gefährlich aussehe?“

„Du siehst aus wie der typische lebensferne, freundliche, verarmte Gutsherr."

Alex schaute in die Augen, die er so gut kannte. „Beim Abendessen warst du betont unhöflich."

„Was habe ich gesagt?"

„Du weißt genau, was du gesagt hast."

Sie zuckte mit den Schultern und murmelte: „Alles wahr."

Er versuchte ein Lächeln. „Echte Wahrheit, meine Liebe, führt zu Kreuzigungen."

Harriet hörte ihn nicht. Sie blickte von Gallagher zu Leonard.

„Was haben sie vor?"

„Der rothaarige Bursche will uns alle erschießen, so viel ist klar."

Ohne ihn anzusehen, sagte sie: „Falls dir irgendetwas zustoßen sollte, Alex – mir – irgendeinem von uns – oder uns allen, möchte ich, dass du weißt, wie lieb, wie furchtbar lieb du mir bist."

„Und das Wort, das du vermeidest?"

„Du bist mir sehr, sehr lieb."

Gallagher ging jetzt auf Alex Boyd-Crawford zu, fuchtelte mit der Pistole vor ihm herum und zeigte auf die Tür zur Anrichtekammer. Alex stand auf und schlurfte hinaus. Pacelli folgte ihm und nahm die Segeltuchtasche mit. Als die Tür sich schloss, sagte Harriet zu Millicent: „Ich weiß, es passiert, aber ich kann's nicht recht glauben."

Es war Caldwell, der antwortete.

„Menschen, denen der Tod bevorsteht, haben ähnliche Gefühle."

Harriet wusste, dass er etwas Treffendes gesagt hatte, doch der Ton seiner Stimme war so abstoßend, dass sie den Sinn des Gesagten verwarf. Sie wartete auf eine Reaktion im Gesicht ihres Mannes. Da war keine. Caldwell sprach weiter.

„Ich kann mich noch erinnern, wie mir als Kind erzählt wurde, Christus sei gekreuzigt worden ... ein irisches Dienstmädchen ... sie erzählte die Geschichte gut. Ich war fassungslos und sagte: ‚Das waren schlechte Menschen ... Dafür sollten sie alle getötet werden ...'"

Sie warf einen Blick auf Caldwell und sah, wie er mit einem Kopfnicken auf Leonard und Lynam deutete.

„Genau dasselbe empfinden sie euch gegenüber. Sie sind nie erwachsen geworden ... gefährliche, todbringende Kinder."

Ohne recht zu wissen, was sie meinte, sagte Harriet: „Aus den Mündern von Kleinkindern."

Angsterfüllt stand Alex in der Anrichtekammer und sah sich um. Gallagher bedeutete ihm, sich zu setzen. Pacelli wühlte in den Tiefen der Tasche, holte ein kleines Apothekerfläschchen hervor und schüttete zehn Tabletten auf den Tisch. Gallagher brachte ein Glas Wasser und gab Alex zu verstehen, er solle die Tabletten einnehmen. Als dieser zögerte, schwang er die Pistole über Brust und Schulter, um Alex zu schlagen. Er wusste, dass er beide Hände heben würde, um sich zu schützen, ein alter Affe, elementarer Gewalt wehrlos preisgegeben. Gallagher ließ den Arm sinken, als Alex die Tabletten nahm und sie mit dem Wasser hinunterspülte.

„Mach den Mund auf."

Alex konnte ihn nicht hören. Gallagher öffnete den eigenen Mund, um es ihm vorzumachen. Alex gehorchte. Gallagher spähte in seinen Mund, nickte und sagte laut in Alex' Ohr: „Da drin hältst du die Klappe, verstanden?"

Alex nickte.

Sie gingen zurück in den Salon. Gallagher deutete auf einen der beiden tiefen Fauteuils am Kamin. Alex, aschfahl, setzte sich in einen der Sessel und blinzelte auf das zerschmetterte Hörgerät, das auf den Fliesen vor dem Kamin lag. Die zutiefst besorgten Gesichter um den Tisch musterten ihn fragend. Nach dem anfänglichen Blickwechsel wandte Alex den Kopf ab. Harriet ging vom Tisch zu dem Sessel ihm gegenüber. Als er aufschaute, fragte sie ihn mit den Augen, ob er wohlauf sei. Er machte eine kleine Handbewegung, die besagte: „Nicht der Rede wert. Ich bin wohlauf." Sie nickte erleichtert.

Gallagher zwinkerte Leonard zu, als er zu der tiefen Nische der Tür ging, die zur Eingangshalle führte. Er setzte sich ins Dunkel und behielt die Vordertür im Auge. Das vom Erkerfenster einfallende Licht zeigte die unwirkliche Blässe seines Profils. Starr wie eine Statue umschlang er seine Knie, einem Hund gleich, der Beute gewittert hat und darauf wartet, dass sie aus dem Dickicht hervorbricht.

Leonard hatte sich einen Stuhl genommen und saß jetzt neben Lynam. Eine Stunde verrann in völligem Schweigen. Das Kaminfeuer brannte nieder. Pascal schichtete ein paar Scheite auf die Feuerschale, prüfte die Tomkin-Uhr auf dem Sims und setzte sich wieder zu Pacelli auf die prächtige Couch aus kapitoniertem grauem Samt. Nebeneinander sitzend, behielten sie das gefrorene halbe Lächeln bei, als posierten sie die ganze Zeit vor einer Kamera.

Nach fünfzehn Minuten war Alex eingeschlafen, Harriet fünfzehn Minuten später. Ohne zu lesen, blätterte Millicent eine Ausgabe von *Homes & Gardens* durch. Der Colonel und Caldwell hatten fast eine ganze Flasche Bushmills ausgetrunken. Hin und wieder unterhielten sie sich mit leiser Stimme. Ein Hubschrauber flog niedrig über das Haus und landete irgendwo zur Linken. Als die wirbelnden Rotorblätter zum Stillstand gekommen waren, sah Lynam Leonard an. Dieser murmelte: „Kann nicht sein."

Eine weitere Stunde verstrich, bevor Lynam sagte: „Das ist tödlich."

„Was?"

„Alles. Mir ist speiübel."

„Brechreiz?"

„Nicht diese Art Übelkeit."

„Willst du was lesen?"

„Könnte ich nicht."

„Was trinken?"

„Ja."

„Nicht klug."

„Was ist schon klug?"

„Du solltest zuerst etwas essen."

„Ich weiß."

„Kannst du's nicht versuchen?"

Sie schüttelte den Kopf. Leonard ging zum Tisch und nahm ein Glas zur Hand. Der Colonel schenkte drei Fingerbreit ein. Leonard nickte ihm einen Dank zu, füllte das Glas mit Wasser auf und ging wieder zu Lynam. Ohne aufzublicken, sagte Gallagher von der Tür her: „*Sláinte.*"

„*Sláinte leat*", erwiderte Lynam.

„Magst du auch?", fragte Leonard Gallagher.

Gallagher schüttelte den Kopf.

„Mehr kriegst du nicht", sagte Leonard zu Lynam. „Du musst versuchen, etwas zu essen."

Sie nickte. Er zeigte auf Gallagher. „Der braucht ihn dringender als du, und er verzichtet drauf."

„Ich brauche keine verdammten Lektionen."

Fünf Minuten später sagte sie: „Tut mir leid. Ich fühle mich seltsam.“

„Ich habe auch eine andere Vorstellung von einem gelungenen Abend.“

„Der letzte.“

„Es wird schon klappen, das spür ich.“

„Wie denn?“

„Instinkt.“

Von seinem Sessel aus murmelte Alex Boyd-Crawford undeutlich: „Oktober ... kein Wachstum ... Muss mit der Apfellese fertig werden, bevor der Frost kommt ... Sie tragen noch ... alt und von Krebs befallen, aber sie tragen noch. Meine lecke Apfelweinpresse ... ist nicht wichtig ... Nichts ist wichtig ... Wer hat recht? Der Staatssekretär ... die sektiererischen Gangs ... arglistig ... oder vielleicht ich selbst ... weiß nicht ... weiß nichts.“

Als er zu schnarchen begann, ging Harriet zu ihm und brachte ihn zum Verstummen.

Lynam nippte eine halbe Stunde lang an ihrem Whiskey. Das Ticken der Tomkin-Uhr wurde immer aufdringlicher. Der Salon schien sich langsam zu dehnen. Dann nahm sie eine fortschreitende groteske Verzerrung wahr: Das lebendige Fleisch eines jeden Gesichts wurde grau und verzog sich zu einer starren Grimasse des Todes. Ihr Herz schlug heftig gegen ihre Rippen, und vor Entsetzen glaubte sie schreien zu müssen. Dann kehrte die Normalität zurück.

„Können wir nicht irgendetwas tun?“, fragte sie.

Leonard dachte einen Moment nach, dann zwinkerte er Pascal zu und mimte mit Mund und Händen einen Flötenbläser. Als Pascal zweifelnd dreinblickte, zwinkerte er ihm Mut zu. Pascal holte eine Blechflöte aus der Segeltuchtasche. Als er zu spielen begann, veränderte sich der Gesichtsausdruck beider Brüder zu verzückter Anteilnahme. Die Klarheit jedes einzelnen Tons beinhaltete nicht nur seine eigene Schönheit, sondern ein kollektives Gedächtnis, ebenso sinnträchtig wie die Felder, die Schlachten und die Niederlagen – die Musik feierte oder wehklagte. Als Lynam merkte, wie wenig Eindruck die Musik auf die Menschen am Tisch machte und wie groß die Wirkung war, die sie auf sie selbst ausübte, begriff sie einmal mehr, weshalb die erste Elizabeth irische Dudelsackpfeifer als Schwerverbrecher hatte hängen lassen. Die Farbe der Melodie neutralisierte den schleichenden Schrecken des Tages, der jetzt endete, und des Tages, der da kommen würde.

Die scheinbare Naivität der Söhne von Hugh und Rosie McAleer, dachte sie, maskierte tiefere Wurzeln, eine Kultur, so alt wie das bäuerliche Europa, von der Geschichte unter das Joch der toten Autokratie Roms und des arroganten Chaos der britischen Herrschaft gezwungen, beide längst verdrängt vom Flitterglanz Amerikas und der schleichenden Bedrohung durch eine vollkommen erstarrte Sowjetunion; sämtliche Glaubensrichtungen und Systeme vermischten sich, während alte Kulturen, melancholisch wie die Musik der McAleers, unausweichlich zugrunde gingen – Nebenflüsse, die austrocknen, während die großen Flüsse tiefer werden.

Das gedämpfte Tischgespräch nahm seinen Fortgang. Kanonikus Plumm fand Karten, Millicent war, das Gesicht auf den Armen, eingeschlafen.

„Eindrucksvoll“, sagte Caldwell.

„Lärm“, sagte der Colonel.

„Etwas Besonderes.“

„Monoton, finde ich.“

„Verstehen Sie die Sprache?“, fragte der Kanonikus.

„Nein, aber ...“

„Würden Sie gern?“

„Sie ist der Schlüssel.“

„Der Schlüssel wozu?“, murmelte Kanonikus Plumm. „Bingo? Hähnchen im Korb, pausenlose Reels und albernes Herumgehopse? Die große, große Show aus endlosem Gewimmer und Gejammer, produziert von Stadtmenschen für Ackerknechte und Ladenmädchen ... Was sie wollen ... was sie bekommen ... was sie verdienen ... Irische Kultur! Meine Vorstellung von der Hölle.“

Caldwell lächelte. „Es ist nicht erwiesen, dass Gott Protestant ist, Kanonikus!“

„Ich will verdammt sein“, erwiderte der Kanonikus, „wenn er römisch-katholisch ist.“

„Jetzt werden Sie bissig, John“, sagte der Colonel.

„Zu Recht, und wütend“, sagte der Kanonikus. „Hass, darauf verstehen sie sich, und aufs Töten. Sie züchten gute Killer und schlechte Führer.“

Fast unhörbar murmelte Caldwell: „Nächst der Liebe das Süßeste ist Hass!“

Aus einem Transistorradio bei der Tür ertönte die Stimme eines BBC-Nachrichtensprechers. Sie verstummten und lauschten aufmerksam. Die Stimme war zu leise, als dass sie sie verstehen konnten.

„Es ist alles so ungerecht“, sagte der Colonel. „Anders als andere Grundherren haben wir uns nie nach England verzogen; während der Hungersnot hat mein Großvater die Pacht erst halb, dann ganz erlassen, eine Hypothek auf das Gut aufgenommen, um die Pächter zu versorgen, Katholiken und Protestanten, einer meiner Cousins hat für die irische Seite den Anglo-Irischen Vertrag unterzeichnet, Harriets

Vater war mit Lloyd George verschwägert. Es ist Irrsinn."

Er schwieg und starrte in seinen Whiskey. „Ich kannte Erskine Childers gut ... ein guter Schauspieler ... Im Grunde seines Herzens hat er an den Nationalismus auch nicht mehr geglaubt als ich."

„Hat er das gesagt?", fragte Caldwell.

„Ich konnte es spüren. Nationalismus ist eine Krankheit."

„Betrüblicherweise leiden die meisten Nationen daran", sagte Caldwell.

„Der Krebs ist direkt in diesem Raum, und in Kürze könnten wir daran sterben."

Nach einer Minute fragte Caldwell: „Könnten wir, sollten wir etwas versuchen?"

„Wenn du jetzt schon sterben willst, Stuart, ja, aber ich denke, sie werden uns gehen lassen."

„Es klang nicht danach."

„Natürlich werden sie das. Es nützt ihnen nichts, Amerikaner zu erschießen. Ancient Order of Hibernians ... viele Mitglieder in den USA."

„Keine Vorzugsbehandlung für Kirchenmänner, nehme ich an?", fragte Kanonikus Plumm.

„Ich bezweifle es, John."

Von der Tür ertönte Gallaghers Stimme, düster wie eine Straße in Derry im Januar: „Schade, dass Sie kein Bischof sind, Sir."

Mit gedämpfter Stimme fragte der Colonel: „Könnte es sein, dass er uns gehört hat?"

„Anscheinend", sagte Caldwell.

„Widernatürlich."

„In jeder Hinsicht", fügte der Kanonikus hinzu.

Caldwell war im Begriff, etwas zu sagen, als Gallaghers Transistorradio lauter gestellt wurde, ein Nachrichtensprecher mitten im Satz: „ ... am Landgut Armstrong in der Grafschaft Fermanagh steht die Armee bereit. Die Geiselnehmer fordern die Befreiung dreier führender Mitglieder der Provisorischen IRA aus dem Maze-Gefängnis bei Belfast. Sie verlangen, dass sie per Hubschrauber nach Inver Hall gebracht werden. Wenn dieser Forderung nicht stattgegeben werde, so erklären sie, werde morgen um zwölf Uhr mittags die erste und danach alle sechs Stunden eine weitere Geisel getötet. Colonel Armstrong diente unter General Montgomery im Afrikafeldzug und wurde mit dem Distinguished Service Order ausgezeichnet. Eine weitere Geisel ist Alexander Boyd-Crawford, mehr als zwanzig Jahre lang Mitglied des alten Parlaments in Stormont. Unter den sechs Festgehaltenen befinden sich auch ein amerikanischer Professor und ein protestantischer Geistlicher."

Als der Nachrichtensprecher die nächste Meldung verlas, schaltete Gallagher das Radio aus. Bis auf Alex waren alle wach und hatten stumm gelauscht. Harriet ergriff als Erste das Wort. Zu Millicent sagte sie: „Wir existieren nicht, meine Liebe."

„Ist mir auch aufgefallen", erwiderte Millicent.

„Vor mehr als vierzig Jahren habe ich in einer Schulzeitung zwei Gedichte veröffentlicht, aber das ist wohl kaum berichtenswert. Aber du, meine Liebe, bist ein Bachelor of Arts."

Sie hielt inne und blickte von einem Gesicht zum anderen. „Bachelor of Arts? Junggeselle der Künste? Sollte es nicht Spinster of Arts heißen? Jungfer der Künste? Klingt erbärmlich ... Geißbock klingt gut ... aber wem gefällt schon Zicke ... Stiere sind prächtig ... Kühe dumm ... Eber sind grimmig ... Säue fressen ihre Jungen ... Die Sprache selbst pervertiert alles

Weibliche ... Nur die Männer ... Wir sind zum Tode verurteilt, und die BBC weiß nicht einmal, dass wir existieren."

Harriets Stimme war um einiges weniger verwaschen als zuvor, aber sie sah mitgenommen aus. Plötzlich fragte sie Leonard: „Was haben Sie Alex angetan?"

Leonard antwortete nicht.

„Er hat einen leichten Schlaf. Haben Sie ihn unter Drogen gesetzt?"

Erneut keine Antwort.

Harriet ging zum Tisch und hielt ein Glas an die Flasche Whiskey. Der Kanonikus schenkte ihr ein. Sie hielt das Glas dicht an den Flaschenhals, bis er einen weiten Fingerbreit eingoss. Millicent versuchte abermals, mit dem Kopf auf dem Tisch zu schlafen. Harriet ging zu ihr und flüsterte ihr etwas zu. Millicent stand auf und ging zum Fauteuil. Bevor sie sich wieder setzte, musterte Harriet die McAleers mit derselben distanzierten Neugier, mit der Zoobesucher Geschöpfe betrachten, die sie noch nie zuvor gesehen haben. Die McAleers sahen einander an, lächelten und blickten wieder zu Harriet, die sie weiterhin anstarrte, bis Pascal fragte: „Können Sie Hörner sehen, Ma'am?"

„Wie bitte?"

Pacelli sagte: „Meine Füße sind gespalten, aber wir haben Fußball mit den Besten gespielt!"

„U-18 Monaghan, 1971."

Harriet begriff nichts von dem, was sie gesagt hatten, murmelte ein undeutliches „Ja", schüttelte den Kopf, setzte sich hin und wandte sich an Kanonikus Plumm.

„War ich beim Abendessen unhöflich, John?"

Der Kanonikus brummte: „Ohne Belang."

„Es tut mir leid."

„Es war nichts ... rein gar nichts."

Sowohl der Colonel als auch Caldwell waren sich bewusst, dass eine weitere Entschuldigung fällig war. Sie erfolgte nicht. Erneutes Schweigen, in dem Lynam wahrnahm, dass Millicent sie unentwegt ansah. Sie erwiderte den Blick ohne Feindseligkeit, und Millicent wandte den Kopf ab und schloss die Augen.

„Kannst du sie nicht gehen lassen?"

„Wen?"

„Die Tochter."

„Noch nicht."

Leonard nahm ihr das leere Glas aus der Hand, stellte es auf den Fußboden und sagte: „Deine Hände sind eiskalt."

„Ich weiß."

Eine Viertelstunde verstrich. Ohne ihn anzusehen, sagte Lynam: „Ich möchte mit dir schlafen."

Leonard antwortete nicht, bis sie fragte: „Können wir?"

„Du scherzt."

„Möchtest du nicht?"

Es kam Leonard vor, als sei die Tonlage ihrer Stimme höher geworden. Er sagte: „Sprich leise."

„Was?"

„Unmöglich."

Sie nickte zur Anrichtekammer hin und sagte: „Da drin."

Eine Minute lang herrschte Schweigen, bevor Leonard antwortete: „Irrsinn."

„Ich kann dich nicht hören."

„Völlig verrückt."

„Völlig vernünftig. Wir sind tot."

„Überhaupt nicht ... weit gefehlt."

„Hast du Angst?"

Leonard beugte sich dicht zu ihr und sagte: „Deine Stimme."

„Was ist damit?"

„Sie trägt zu weit."

„Wen kümmert's?"

Mit einer Augenbewegung deutete Leonard auf Gallagher.

„Dich vielleicht, morgen."

„Es gibt kein Morgen."

Leonard zuckte die Achseln. Der Whiskey und sieben Stunden höchster Anspannung machten sich bemerkbar.

„Versuch zu schlafen", sagte er.

Ohne zu antworten, lehnte sie sich auf ihrem Stuhl zurück und schloss die Augen. Er hatte recht. Ein absurder, provokanter Einfall, dem sie sich, hätte er zugestimmt, entzogen hätte. Warum? Um ihn in Versuchung zu führen, sich selbst zu demütigen, Gallagher zu reizen, die atavistischen McAleers zu schockieren, die lauschende Tischgesellschaft in der schlechten Meinung zu bestätigen, die sie bereits von ihr hatte, oder der Reflex auf ein wehmütiges Lied und das bittere Bewusstsein des Verrats, die völlige Gewissheit, dass dies die letzte Nacht ihres Lebens war. Der Versuch, es zu enträtseln, war zwecklos. Dann stand sie auch schon mit Leonard in der Anrichtekammer, die Tür war verschlossen, und sie konnte hören, wie Gallagher den McAleers draußen zuflüsterte: „Der Hund von Ulster fickt die Hündin vom englischen Pale ... schwere Pflichtverletzung, Jungs ... Sie sollten beide erschossen werden; wenn der Auftrag erfüllt ist, werde ich dafür sorgen!"

Dann sah sie, wie Gallagher zu Alex Boyd-Crawford ging und ihn zwei Mal in den Kopf schoss. Entsetzt schloss sie die Tür auf, die von der Anrichtekammer in die Eingangshalle führte, rannte über die breiten Steinplatten, öffnete die Vordertür und stand im Freien. Graues Tageslicht. Als sie die Granitstufen hinabeilte, hörte sie Glas zersplittern. Ein einzelner Schuss bohrte einen brennenden Schmerz in ihren Schoß. Sie stürzte. Als sie versuchte, sich aufzurichten, kniete sie gegenüber dem Erkerfenster und sah in Gallaghers kaltes Gesicht. Er hatte seine Pistole direkt auf sie gerichtet. Sie schrie.

Leonard umklammerte ihr Handgelenk so fest, dass es schmerzte. Sie zitterte. Bis auf Alex Boyd-Crawford, der fest schlief, schauten alle im Zimmer auf sie. Leonard sagte: „Alles ist gut."

Sie sah die Uhr auf dem Kaminsims – 1.55 – und begriff, dass sie fast eine Stunde lang geschlafen hatte.

„Habe ich ...?"

Die Gesichter am Tisch sahen wieder weg und beantworteten ihre ungestellte Frage. Harriet stand auf und ging zur Anrichtekammer. Leonard sagte: „Geh mit ... und wenn du zurückkommst, iss etwas oder nimm eine Pille und schlaf."

Sie hörte echte Verärgerung in seiner Stimme. Sie stand auf und folgte der Frau des Colonels in die Anrichtekammer. Als die Tür sich schloss, bedeutete Leonard Pascal, sich vor der Tür zu postieren. Die Frau des Colonels suchte die Garderobentoilette hinter der Anrichtekammer auf. Während Lynam wartete, hörte sie ein Würgen oder bildete es sich zumindest ein. Jemand hatte Kochrezepte aus Zeitungen und Zeitschriften an die getäfelte Wand geheftet. Sie versuchte, eines davon zu lesen. Die Worte ergaben keinen Sinn. Sie hörte die Toilettenspülung. Die Garderobentür ging auf. Schritte, das Ratschen eines Stuhls und Harriets Stimme, die sagte: „Setzen Sie sich, bitte.“

Lynam zögerte, dann gab sie nach. Es war eher eine Bitte als ein Befehl, und sie fühlte sich schwach. Sie setzte sich der älteren Frau gegenüber ans andere Ende des Tisches und mied ihren Blick.

„Sehen Sie mich an, bitte.“

Lynam sah sie an.

„Werden Sie ... werden die anderen ... uns alle erschießen?“

„Kommt darauf an.“

„Man wird nicht tun, was Sie verlangen.“

„Vielleicht doch.“

Harriet schüttelte den Kopf.

„Nobby ist nicht wichtig ... alte Familie, aber nicht wichtig ... Sie haben das Ziel verfehlt, meine Liebe. Ich kenne ein Dutzend Häuser, die für eine solche Operation besser geeignet wären.“

Für eine geraume Zeit verstummten beide, bevor Harriet wieder ansetzte.

„Seltsam, wie Überschwemmungen, Bomben, Hurrikane, Erdbeben immer anderen passieren ... nie einem selbst ... Da drinnen war ich nicht krank vor Angst, es kümmert mich nicht, ob ich sterbe, vorausgesetzt, es geht schnell. Sie kennen Milly?“

„Wir haben in denselben Französisch-Tutorien gesessen.“

„Sie ist schwanger.“

„Ich weiß.“

„Sie hat’s Ihnen gesagt?“

„Ja.“

„Wird sie den republikanischen Göttern geopfert werden?“

„Nein.“

„Das ist doch mal was ... vermute ich.“

Eine Weile musterte Harriet die schartigen Steinbruchfliesen auf dem Fußboden. Ihr Gesicht hatte die schmerzliche Ruhe und Tiefe eines El-Greco-Bildnisses, gequält starrende Augen, in denen sich jetzt, als sie aufschaute, um zu sprechen, ein schwaches Lächeln und ein unterschwelliges Verständnis zeigten.

„Französisch?“

„Wie bitte?“

„Sie haben Französisch studiert?“

„Ja.“

„Was noch?“

„Irisch.“

„Sie kennen David Greene?“

„Ja.“

„Wundervoller Bart.“

„Hochgelehrt.“

„Mögen Sie Dylan Thomas?“

„Nicht so sehr wie Patrick Kavanagh.“

„Wirklich?“

Lynam klopfte auf den Tisch, dann deutete sie mit einem Kopfnicken zur Anrichte und sagte: „Ich ziehe das hier dem da vor.“

Harriet verstand nicht.

„Was wem?“

„Einen gescheuerten Kiefernholztisch einer Anrichte mit Tellerbord.“

Zum ersten Mal musste Harriet lächeln. Sie sagte: „Ja, Milly hat Englisch und Französisch studiert ... aber kein richtiges Einfühlungsvermögen ... *Heinrich V.* beunruhigt mich ... Mögen Sie das Stück?“

„Nein.“

„Ich auch nicht ... Unverzeihlich von Shakespeare, brutal wie das Alte Testament ... stinkt nach Blut und

Reich ... Nobby liebt es ... Sie sind wie eine Cousine von mir, Dolly Travers, unglaublich ähnlich ... die arme tote Dolly, ein glückliches Leben ... hat nie geheiratet. Hat geglaubt, sie sei nicht glücklich, war aber hundert Mal glücklicher als ... Bei der Vorstellung plötzlichen Erlöschens fühle ich mich ziemlich beschwingt ... Mutter war sehr versiert ... Klavier ... hat in einem Salon mal Paderewski vorgespielt ... Ich war noch ein Kind, acht Jahre alt ... Und hinterher hat Paderewski gesagt, es sei die schönste Interpretation eines Chopin-Préludes gewesen, die er je gehört habe. Meine arme Mutter hat gestrahlt. Alle haben geklatscht. Mein Vater war Waliser ... sehr geschäftstüchtig. Sein Geld hat dieses Gut am Leben erhalten ... sein Geld ... mein Geld ..."

Harriet hielt inne und betrachtete Lynam einen Moment.

„Wir sind keltische Geschwister, Sie und ich ... Ich kann ein bisschen singen ... auch wenn's heutzutage nicht viel zu besingen gibt ... Könnten Sie mir ein Glas Wasser holen ... bitte?"

Lynam brachte ihr das Glas Wasser.

„Nach dem Blutbad in Derry habe ich geweint, wissen Sie, und Nobby war erschüttert ... Es ist wahr ... Er ist ein Mensch ... wir alle ... sind Menschen ... So schrecklich traurig, was wir einander antun, finden Sie nicht? Er hat versucht, Frank Carrington, den Opferanwalt, telefonisch zu erreichen ... ist nicht durchgekommen ... Pensionierte Colonels in Fermanagh gelten nicht viel ... Eigentlich ziemlich albern, uns festzuhalten ... Er ist beliebt ... immer Katholiken als Personal ... Und was Sie tun, wird weder bei Katholiken noch bei Protestanten gut ankommen ... da bin ich mir sicher ... Aber Sie sind hier, so ist es nun einmal ... Krieg ist eine Folge unglückseliger Fehlentscheidungen ... genau wie die Ehe."

Sie inhalierte tief und stieß den Zigarettenrauch durch Mund und Nase aus. Dann trank sie das Glas Wasser aus.

„Der rothaarige junge Mann, was für eine erstaunliche Energie ... was für ein Hass. Sind Sie auch so?"

„Nein."

„Lieben Sie jemanden?"

Wieder fragte sie Lynam: „Lieben Sie?"

„Und Sie?"

Harriet studierte den Fußboden, als habe sie Lynams Anwesenheit vergessen. Als sie wieder ansetzte, war es, als spreche sie mit sich selbst.

„Es war einmal, dass ein Krieger in den Krieg zog. Als er zurückkam, erwachte er halb träumend im Morgengrauen und weinte um einen gefallenen Kameraden."

Sie verstummte für einen Augenblick, dann sah sie auf und sagte: „Sie können gegen die Lebenden kämpfen, meine Liebe, nicht gegen die Toten ... Für manche ist die Ehe eine so grausame Falle, dass sie sich danach sehnen ..."

Sie durchstöberte ihr Gedächtnis und stieß auf zwei Verszeilen:

„Er kam zum Capitol, wo König Tod
Hof hält in Blässe, Schönheit und Ruin.

Shelley, der arme Junge ... Warum erzähle ich Ihnen das?"

„Wir sind beide tot."

„Ja. Nobby sagt, ich sei larmoyant ... Hätten Sie gern einen Kaffee? Ich schon."

„Wo?"

Harriet zeigte darauf.

„In dem Schrank dort, Pulverkaffee, der Wasserkocher steht da drüben ... Steckdose neben der Spüle ... Wir bewahren ihn hier auf ... Der Gang zur richtigen Küche ist eine Meile lang ... Was ist mit Maggie Reilly und den Johnstons passiert?“

„Wie bitte?“

„Mit dem Personal?“

„Die sind ausgesperrt worden.“

„Ah! Ob sie wohl Angst hatten?“

„Ich hoffe nicht.“

„Sie sind ein mitfühlendes Mädchen ... das habe ich gleich gespürt ... Milly ist kalt ... mein eigen Fleisch und Blut ... betrüblich.“

Lynam war mit dem Kaffee beschäftigt.

„Ihre Mutter lebt noch?“

„Ja.“

„Vater?“

„Ja.“

„Geschwister?“

„Zwei Brüder.“

„Wie Sie?“

„Unpolitisch.“

Stille breitete sich aus, bis Harriet sie mit den Worten brach: „Was hat Sie getötet?“

„Zurückweisung.“

„Immer dieselbe Geschichte ... Etwas macht mir Kopfzerbrechen. Ich kann ja verstehen, dass jemand sich selbst umbringen möchte, aber nicht, dass er andere umbringt ... Die Rolle passt nicht zu Ihnen ... Nobby ist Berufssoldat ... Zu ihm passt die Rolle, meinen Sie nicht? Hass ist etwas so Trauriges ... Persönlichen Hass kenne ich nur zu gut, aber ein ganzes Volk, eine ganze Rasse, Glaubensrichtung oder Klasse zu hassen ist so verblendet, so dumm, so grenzenlos, so umfassend, dass man nur verzweifeln kann ... Als der rothaarige junge Mann Alex' Hörgerät zerschmettert hat, wusste ich, dass es ernst wird."

Das Wasser im Kocher begann zu sieden. Lynam ging hin und schaltete ihn aus.

„Werden Sie Caldwell umbringen, den Amerikaner?"

„Ich bezweifle es."

„Politisch unangenehm."

Lynam nickte.

„Unangenehm sind sie sowieso, die meisten von ihnen ... Er ist eine weltweite Autorität, wissen Sie ... Militärmanöver im Mittelalter oder so ähnlich ... unglaublich. Prestigeträchtiges Stipendium, ein Jahr Forschungsurlaub, New England University. Geschieden ... sagt, seine Frau sei schön, aber geistlos ... Ich glaube, mich hält er auch für geistlos ... Könnte recht haben, manchmal benehme ich mich sonderbar ... Nobby hält ihn für ein Genie ... Sie sind sich letztes Jahr in der britischen Botschaft in New York begegnet, irgendein militärischer Gedenktag. John Freeman hat sie einander vorgestellt ... Ich glaube, er ist ungebildet – nicht Freeman, Caldwell."

Harriet drückte ihre Zigarette in einem Aschenbecher aus und fragte: „Glauben Sie, dass er schwul ist?"

Lynam konnte nicht antworten. Harriet fuhr fort: „Heutzutage kann man nie wissen ... nichts ist gewiss. Hat Gott das Interesse an uns verloren, was meinen Sie?"

„Ich glaube nicht an Gott."

„Ich auch nicht. Sind die beiden Dunkelhaarigen Brüder?"

„Ja."

„Sehen aus, als könnten sie nicht bis drei zählen, oder? Sie haben elf Tassen aus dem Schrank genommen, das ist nett."

„Ja."

„Gute Idee. Sie sagen nicht viel ... Haben Sie etwas gegen mich?"

„Nein."

„Bringe ich Sie in Verlegenheit?"

„Nein."

„Was empfinden Sie?"

Lynam blickte in die wässrige Verlorenheit dieser unglücklichen braunen Augen in dem feingeschnittenen, jetzt aber umwölkten Gesicht. Innerhalb von zehn Minuten schien sie die verborgene Konfusion und das Mitgefühl dieser fremden Frau besser verstanden zu haben, als sie je ihre eigene Mutter verstanden hatte.

„Ich muss es wissen."

„Mitleid", sagte Lynam. „Mit uns allen."

Harriet starrte weiter vor sich hin, und in ihren Blick trat wieder jenes Verständnis, das Lynam schon vorher aufgefallen war.

„Aber Sie sind hier, um zu töten, falls erforderlich."

Lynam schüttelte den Kopf.

„Hat man Sie gezwungen, herzukommen?"

„Ich darf nichts erklären ... tut mir leid."

„Ihre Hände zittern."

„Ja."

„Haben Sie Angst?"

„Ja."

„Auch ich fürchte den Tod ... Haben Sie mir geglaubt, als ich sagte, ich fürchte mich nicht?"

„Nicht so richtig."

Die Tür ging auf. Lächelnd stand Pascal vor ihnen. Harriet erhob sich und verließ die Anrichtekammer.

Im langen Salon herrschte Schweigen, als Lynam das Tablett mit dem Kaffee auf den Tisch stellte. Harriet nahm eine Tasse und reichte die anderen herum. Lynam versorgte Pascal, Pacelli, Leonard und Gallagher. Als sie sich neben Leonard setzte, sagte er: „Du warst ziemlich lange weg."

„Ja."

„Hast du geredet?"

„Zugehört."

„Kannst du etwas essen?"

Als sie teilnahmslos das Essen betrachtete, kam Pascal, nahm einen silbernen Servierlöffel und häufte auf einen Teller Kartoffeln und Krautsalat. Er zeigte auf den Aufschnitt: Schweinebraten, Zunge und Roastbeef.

„Kein Fleisch, Pascal, danke."

„Sicher?"

„Ganz sicher."

Als Pascal Mayonnaise auf ihren Teller löffelte, drehte sie sich zu Leonard um. Er sah geradeaus und mied ihren Blick. Absichtlich? Sie setzte sich zu den Brüdern auf die Couch, Pacelli rutschte zur Seite und kreuzte die Beine zum Schneidersitz. Als sie aß, lächelten sie ihr aufmunternd zu. Das Essen war widerlich, ihre Fürsorge erstickend. Sie gab ihr das Gefühl, unwürdig, unaufrichtig zu sein. Als sich das Gefühl noch verstärkte, hörte sie auf zu essen. Der Teller in ihrer Hand begann zu zittern. Pascal nahm ihn ihr ab und zog einen Stuhl heran, um sie vor den Blicken der Tischgesellschaft abzuschirmen.

„Iss doch noch 'n bisschen, Bella. Der Fraß wird dir guttun."

Als sie in ihrem Essen herumzustochern begann, sagte Pascal: „Bist 'ne Weile weg gewesen mit der Alten."

Sie nickte.

„Wirkt kauzig. Bisschen verrückt?"

„Sonderbar", sagte Lynam.

„Man merkt's an ihrer Art zu reden."

Lynam fragte mit leiser Stimme: „Habe ich da drüben geschrien?"

„Ein Wimmern – mehr nicht."

„Du bist eingenickt."

„Und davor?", fragte sie.

Die Brüder sahen einander an und taten so, als hätten sie sie nicht verstanden. Pascal schüttelte den Kopf: „Ein Traum, würde ich sagen."

„Ja, du hast geschlafen", erklärte Pacelli.

Dankbar blickte sie von einem zum anderen und sagte: „Ihr könnt wunderbar lügen ... alle beide. Habt ihr Jungs Angst?"

„Starr vor Angst", antwortete Pascal. „Magenkrämpfe."

„Ständige Furcht", fügte Pacelli hinzu. „Nur natürlich."

„Man sieht's euch nicht an."

„Wir lassen uns nichts anmerken ... aber vorhanden ist sie."

„Kopf hoch ... Zusammenhalten!"

Pacelli nickte zu dem ovalen Jagdtisch hin.

„Du verstehst es, mit diesen Leuten zu reden."

„Martin auch, wenn er es wollte."

„Und Jack fürchtet sich vor nichts in dieser Welt ... der würde für seine Freunde durch die Hölle gehen."

„Er *ist* die Hölle", sagte sie.

Als sie zu Gallagher hinüberschaute, hob er langsam die linke Hand. Er tippte sich ans Ohr, dann zeigte er mit dem Zeigefinger nach oben. Seine Augen waren geweitet, ein Bild angespannten Lauschens.

Das kreideweiße Gesicht wandte sich zu Leonard, der noch immer im Erkerfenster saß. Leonard ging zu ihm hin und kauerte sich neben ihn.

„Hörst du was?"

„Nichts."

Mehr als eine Minute verging, bevor Gallagher sagte: „Ratten auf dem hinteren Dach, vier oder fünf ... Horch!"

Als Leonard den Kopf schüttelte, war deutlich das Geräusch einer Schieferplatte zu hören. Etwas schrammte oder verrutschte. Fünf Sekunden äußerster Stille. Leonard blickte zu den McAleers und zeigte auf Alex Boyd-Crawford. Die Brüder bewegten sich gleichzeitig und trugen den reglosen Körper in die Haupthalle. Dies geschah so rasch, dass es einen Augenblick dauerte, bevor den anderen klar wurde, dass etwas Ernstes vorgefallen war und alles von Grund auf ändern würde. Leonard ging wieder zum Erkerfenster. Lynam saß kerzengerade da. Sie wusste, was jetzt geschehen würde. Benommen vor Schläfrigkeit, stand Harriet auf.

„Was haben Sie ...?"

Strauchelnd, fast schlafwandelnd hielt sie auf die Tür zu.

„Was haben Sie mit Alex vor?"

Gallagher verstellte ihr die Tür und machte mit der linken Hand eine kleine wedelnde Bewegung, ganz so, wie Eltern kleine Kinder wegscheuchen, die ihre Konzentration stören. Harriet ging weiter auf ihn zu.

„Ich habe keine Angst und werde nicht zusehen, wie ..."

Gallagher schlug ihr mit der Pistole so schnell ins Gesicht, dass die Anwesenden nur die Wirkung des

Aufpralls sahen. Plötzlich lag sie auf den Knien vor dem Kamin, eine Strieme vom Auge bis zum Wangenknochen, ihr Mund blutig. Der Colonel war aufgesprungen, die Adern an seinem Hals schwollen an. Gallagher richtete die Pistole auf ihn und sagte: „Wie Sie wünschen."

Während er das sagte, knallten in der Halle zwei Pistolenschüsse. Alle Gesichter waren starr vor Schreck. Gallagher wies den Colonel an, sich wieder hinzusetzen, indem er mit der freien Hand auf den Stuhl zeigte.

Harriet, noch immer auf den Knien, schien auf dem Fußboden nach etwas zu suchen. Die weinende Millicent fand es am Bein des Jagdtisches: das künstliche Gebiss ihrer Mutter. Der Colonel und Kanonikus Plumm halfen Harriet auf die Couch. Man hörte, wie in der Eingangshalle Riegel zurückgeschoben wurden und die Tür aufging. Der Suchscheinwerfer sprang an und wurde sofort ausgeschaltet, als die Tür wieder geschlossen und verriegelt wurde. Die McAleers kehrten in den Salon zurück. Sie lächelten nicht.

Angewidert, beschämt kehrte Lynam ihnen den Rücken zu und betrachtete das Muster der Gobelinvorhänge vor dem hohen Erkerfenster. Es verschwamm vor ihren Augen. Dann hörte sie, wie Leonard zum Colonel sagte: „Sie haben eine Minute, um denen da draußen Bescheid zu sagen und wieder zurückzukommen, und die haben drei, um sich zurückzuziehen ... Noch ein Geräusch irgendwo im oder am Haus, und wir richten den Nächsten hin."

Der Colonel trat hinaus. Der Tag brach bereits an. Unter dem Erkerfenster sah er Alex' hingestreckten Körper; um den Kopf war die Segeltuchtasche gebunden. Der Colonel sprach mit dem befehlshabenden Offizier und kehrte gleich darauf zurück. Als er hereinkam, legte Millicent ihrer Mutter ein Kissen unter den Kopf. Sie hatte ihr das Gebiss eingesetzt und drückte eine Serviette auf die klaffende Wunde in ihrem Gesicht.

Lynam ging hinaus in die Eingangshalle. Als sie an Gallagher vorbeikam, sah er ihr Gesicht und sagte: „War notwendig."

Sie antwortete nicht. In der Mitte der Halle blieb sie stehen. Durch die Vordertür waren deutlich die Umrisse der gepanzerten Fahrzeuge zu erkennen. Es war kurz vor Morgengrauen. Sie durfte drinnen im Salon keine Schwäche zeigen und würde Zeit brauchen, um die Fassung wiederzugewinnen.

„Da solltest du lieber nicht stehen", sagte Gallagher.

Sie suchte Deckung bei der Tür gegenüber. Sie musste die Wirklichkeit des Albtraums, der mit zunehmendem Licht anzuwachsen schien, aussperren. In der anderen Tür unterhielt sich Leonard flüsternd mit Gallagher, beide prüften ihre Armbanduhren, der eine sah die dunkle Treppe hinauf, der andere behielt die Vordertür im Auge, beide angespannt.

Coolfada ... der Geruch des Meeres, das erstaunliche Grün des Grases, das in Klumpen auf dem Reetdach wuchs, der friedliche Himmel und all die Katzen, die nach Heiligen und nach Gemarkungen benannt waren. Jeden Abend kamen Leute ins Haus, weil ihre Großmutter ein Heilmittel gegen Gürtelrose wusste. Einmal durfte Lynam auf dem dreibeinigen Schemel sitzen und zuschauen. Die alte Frau legte Zweige auf die lodernden Torfsoden, zog sie glühend heraus, lief mit ihnen um eine Frau herum, nur wenige Zentimeter von ihrem Gesicht entfernt, und sprach Gebete auf Irisch. Eines Tages im Sommer kam ein Nachbar mit einem Terriermischling. Während er im Haus war, jagte der Terrier draußen einem weißen Kätzchen nach, fing es ein und tötete es mit einem einzigen Biss. Warmes Blut an den Händen, rannte sie kreischend mit dem Kätzchen ins Haus. Ihre Großmutter wickelte das Kätzchen in braunes Packpapier, wusch sich die Hände und ging hinaus zum Kartoffelbeet. Als sie das Tier begrub, sagte sie: „Manche Hunde töten Katzen, manche Menschen töten andere Menschen ... das Meer, Hunger, Chaos, Alter, ja, und ein gebrochenes Herz, Nacht bringt Tag, und Tag bringt Nacht ... Dann kommt der Tod ... Weine nicht, Liebling, so ist das Leben."

Die eine Erinnerung an Coolfada, die sie hatte vergessen wollen, hatte sie jetzt mit Übelkeit erregender Deutlichkeit überfallen. Auch jetzt hatte sie Blut an den Händen, genau wie zwanzig Jahre zuvor. Wenn Coolfada Bilder von Blut und Tod heraufbeschwor, dann konnte sie sich nicht einmal in Erinnerungen flüchten. Ihre Augen waren geschlossen. Sie sah nicht, wie Leonard die Eingangshalle durchquerte. Sie hörte ihn sagen: „Du musst zurückkommen. Hier draußen ist es gefährlich."

Als sie hinsah, wies er mit dem Daumen auf die breite Freitreppe, die zum Dunkel des Hauses führte.

„Musste er so brutal vorgehen?"

„Ihr fehlt nichts. Sie sitzt schon wieder."

Leonard wartete. Lynam fuhr sich mit dem Handrücken über beide Wangen, um sicherzugehen, dass sie trocken waren, und ging wieder in den Salon. Gallagher hatte die beiden Stühle vom Erkerfenster gerückt und riss jetzt die schweren Vorhänge auf. Er entriegelte die Fensterläden. Während er sie zurückklappte, knipste Pascal die Beleuchtung aus. Ein trübes Licht füllte den Raum. Millicent stand auf, und als sie Gallagher direkt ansprach, zitterte sie am ganzen Körper: „Du Schwein, du feiges, widerwärtiges, mörderisches Schwein."

Plötzlich wandte sie sich an Lynam.

„Sind das deine Freunde? Ein einäugiger Eisklotz, zwei Trottel und ein Sadist! Bei Gott, du bist krank! Ihr alle seid krank!"

Auf Gallagher wirkten ihre Worte fast wie ein körperlicher Angriff. Mehrere Sekunden lang konnte er vor Wut kaum sprechen. Die ersten Worte kamen nur im Flüsterton heraus: „Du ausgestopfte Puppe! Dein Verstand ist genauso schwach wie deine Zunge."

Plötzlich brüllte er: „Wieso sind wir krank? Los, antwortet. Wieso?! Wir wollen's hören ... ihr alle ... los ... wieso?! Antwortet ... ihr wisst es ... die Antwort seid *ihr*."

In dem Schweigen, das darauf folgte, sagte Leonard leise zum Colonel: „Ihre Frau war leichtsinnig, Sir. Sie hat Glück, dass sie noch am Leben ist."

„Darüber lässt sich streiten", murmelte Harriet.

„Ich würde Ihnen raten", sagte Leonard, „Ihrer Tochter klarzumachen, dass sie keinen Freibrief für Beleidigungen hat. Einstweilen ist das unser Vorrecht."

Der Colonel blickte Leonard nicht an, als er fragte: „Behandeln Sie so Ihre Gefangenen ... indem Sie Krieg gegen sie führen?"

Noch ehe Leonard antworten konnte, ergriff Gallagher das Wort, sein Gesicht starr vor Hass: „Sie sprechen von Krieg und Gefangenen? Sie?"

Er wedelte mit seiner Pistole.

„Sie haben ein ganzes Weltreich zusammengeräubert, aber wenn wir ganz gewöhnliche Rechte einfordern, kläffen alle Ihre Lakaien in der Presse und im Unterhaus: ‚Hängt sie auf, hängt sie auf, hängt sie auf.' Die Mutter der Parlamente? Eine fette Abdeckerin, die der halben Welt die Haut abgezogen hat. Und Sie glauben, die Welt steht auf Ihrer Seite? Arschlöscher, sagen sie ... Lügner, Halunken und Heuchler ... mit eurer Pseudomonarchie, euren tierliebenden Herzögen und euren Privatschulen, steife Oberlippe und steifer Schwanz ... Regimenter von Gassenratten und schwulen Horatios, ihr habt uns deportiert, gedemütigt, ausgehungert und gefoltert und tut's immer noch ... und nie eine Entschuldigung, wird's auch nie geben ... aber über den dummen Paddy, den verdreckten Paddy feixen und kichern,

Den hässlichen, abergläubischen Paddy,
Paddy, den Aussteiger, Paddy, den Trunkenbold,
Paddy, den Volltrottel, Paddy, den Dreckskerl."

Gallagher umkreiste den Tisch, während die Worte aus ihm herausbrachen. Am Ende der Anrichte blieb er unter dem Ölgemälde eines Brigadiers aus dem Ersten Weltkrieg stehen. Plötzlich fegte er mit dem Ellbogen eine prächtige orientalische Suppenterrine zur Seite. Kreiselnd glitt sie die lange Anrichte entlang und stieß gegen Zierteller und Tafelsilber, bevor sie auf dem Boden zerschellte. Mit einer peitschenden Bewegung seiner Pistole zerfetzte er das Gesicht des Brigadiers.

„Siebenhundert Jahre lang habt ihr auf uns eingedroschen, und ihr fragt noch, warum wir euch hassen. ‚Hass' ist gar kein Ausdruck für das, was wir empfinden."

Der Colonel blickte von Gallaghers wütendem Gesicht zu dem zerfetzten Porträt und dem zerschlagenen Tafelgeschirr. Ein fauchender Mini-Hitler ...

sinnlos, sich mit so hysterischem Hass anzulegen. Bei diesem Gedanken hörte er sich in kühlem Ton sagen: „Das war ein Ire, der andere Iren in die Schlacht geführt hat."

„Für die Rechte und Freiheiten kleiner Nationen ... da kann ich nur kotzen."

Gallagher kehrte zur Tür zurück. Pascal und Leonard bezogen Position am Rand des Fensters, wo sie in Deckung waren. Pacelli setzte sich neben die Tür zur Anrichtekammer am anderen Ende des Salons. Lynam saß neben Leonard an dem Sheraton-Tisch in der Ecke.

Eine Viertelstunde verging in Schweigen. Nur das Ticken der Uhr und der schaurige Schrei eines Pfaus waren zu hören. Harriet erhob sich. Die Rufe kleinerer Vögel, die ersten Anzeichen des Tages. Das alles kannte sie von unzähligen Morgendämmerungen. Sie ging zum Erkerfenster, sah Alex' hingestreckten Körper, dann blickte sie zu dem See hinter dem Halbkreis von Militärfahrzeugen. Grau, vollkommen still, verhangener Nebel, herbstlich, als harre er des kommenden Winters. Hoch oben ein paar schwache Sterne und blasse rosarote Farbtöne. In irgendeinem Haus hatte sie einmal ein Gemälde gesehen, vollkommen grau und schwarz, und obwohl sie wusste, dass etwas Furchtbares geschehen war und etwas noch Furchtbareres bevorstand, zwang sie sich zu den Worten: „Tagesanbruch ... Sonntag ... erinnert mich an ein Gemälde, das ich einmal in einem Haus gesehen habe. Wir schlafen, wenn die Welt am schönsten ist."

„Ich würde mich da nicht hinstellen", sagte Gallagher.

„Werden Sie mich wieder schlagen, wenn ich es tue?"

„Ist gefährlich“, sagte Leonard.

„Gefährlich?“

Harriet blickte ungläubig auf die Pistolen und lächelte: „Ein ziemlicher Sinn für Humor ... gefällt mir.“

Sie wandte sich vom Fenster ab und schaute zur Ecke hin. Lynam war froh über das graue Dämmerlicht. Harriet zitierte: *„L'aurore grelottante en robe rose et verte.* Wie geht es Ihnen?“

„Wie geht es *Ihnen*?“, fragte Lynam kaum vernehmlich.

Harriets Stimme zitterte, als sie sagte: „Ich bin am Leben ... aber ohne einen lieben Freund.“

Sie ging wieder zum Tisch und setzte sich neben den Ohrensessel, in dem Millicent saß. Diese sagte: „Ich würde nicht mit ihnen reden.“

Harriet starrte in die tote Asche auf dem Kaminrost und sagte mit unerwarteter Schärfe: „Alex ist hinausgezerrt und erschossen worden, während zwei Herren vom Militär dabeisaßen.“

„Mutter, bitte.“

„Tatenlos dabeisaßen ... Es gibt Zeiten, da man etwas tun muss, ungeachtet militärischer Handbücher und persönlicher Sicherheit.“

Caldwell entgegnete sehr ruhig: „Sie scheinen nicht zu ...“

„Ich verstehe genau, was vor sich geht und was sich aller Wahrscheinlichkeit nach abspielen wird.“

Für einen Augenblick blieb es still, und Millicent bedeckte ihr Gesicht mit den Händen und begann zu weinen. Harriet legte ihrer Tochter eine Hand auf den Kopf und blickte zu Lynam hinüber. Als die Wirkung des Weinens und Harriets Blick unerträglich wurden, stand Lynam auf und flüsterte Leonard zu: „Um Gottes willen, Martin.“

Ohne Lynam anzuschauen oder zum Tisch zu blicken, sagte Leonard: „Sie kann gehen ... der Amerikaner auch."

Gallagher an der Tür runzelte die Stirn und schüttelte den Kopf. Leonard zuckte mit den Schultern, als wolle er sagen: „Die gehen sowieso." Es herrschte Schweigen, bevor die anderen begriffen, was soeben gesagt worden war.

„Jetzt?", fragte der Colonel.

„Ja."

Millicent stand auf. Nachdem sie ihren Vater geküsst hatte, hielt Harriet einen Moment lang ihr Gesicht in den Händen, als versuche sie, darin zu lesen oder sich etwas in Erinnerung zu rufen. Sehr sanft, sichtlich bewegt küsste sie ihre Tochter auf die Stirn, so wie eine Mutter ein Kleinkind auf die Stirn küsst. Stumm schüttelte Caldwell erst dem Colonel, dann Kanonikus Plumm die Hand. Harriet war in die Ecke gegangen und kehrte dem Tisch den Rücken zu. Caldwell näherte sich ihr, um sich zu verabschieden. Sie nahm seine Hand, ohne sich umzuwenden und ihm ins Gesicht zu schauen.

Gallagher stand auf, um sie zur Eingangshalle durchzulassen, folgte ihnen zur Vordertür, öffnete diese und verschloss und verriegelte sie wieder, als sie gegangen waren.

Von seinem Platz aus konnte Leonard sehen, wie sie die Granittreppe hinabgingen, über den gekiesten Halbkreis schritten und hinter den gepanzerten Fahrzeugen verschwanden. Harriet kam wieder zum Tisch und zündete sich eine Zigarette an. Der Colonel ging zum Kamin und schaute die Tomkin-Uhr an, als berge sie ein Geheimnis. Die Zeiger standen auf 5.55. Trotz seines fleischigen Gesichts und seines massigen Körpers sah Kanonikus Plumm grauer, älter, erschöpfter aus als der Colonel oder seine Frau, als begreife er erst jetzt richtig, dass seine Berufung in dieser mitleidlosen doppelten Belagerung nicht zählen würde.

Gallagher begab sich in die Anrichtekammer. Pascal nahm seinen Posten an der Tür ein. Über dem Wald hinter dem dunklen Wasser lichtete sich der Nebel und ließ einen einzigen hellen Stern in dem metallischen Himmel schweben. Der Morgenstern. Lynam rückte näher an Leonard heran. Als sie hinaus- und hinaufblickte, war sie sich einer Gefühllosigkeit bewusst, die sich über die letzten albtraumhaften Stunden und die kommende Furcht legte. Sie wollte beten, hatte jedoch vergessen, wie sie beginnen oder zu wem sie beten sollte. *Herr, erbarme dich, Christus, erbarme dich.*

„Weißt du noch den Segen?"

Leonard nickte und sagte: „Ich habe immer dagesessen, auf den Rücken des Vordermanns gestarrt und darauf gewartet, dass der Priester ‚Morgenstern' sagte. Das habe ich verstanden, sonst nichts."

„Im Herzen ein Heide."

Schweigen.

„Es ist still."

„Sehr."

„Hat es dich gerührt?"

„Was?"

„Das Weinen."

„Was glaubst du?"

„Ich denke, du musst sehr stark sein oder sehr kalt."

Leonard zuckte leicht die Achseln und zeigte auf Pascal in der Tür.

„Die sind stark ... sie haben Gott auf ihrer Seite, die Mammy und Patrick Pearses Geist."

„Gallagher ... er ist furchterregend."

Leonard antwortete nicht, und sie sagte: „Ein Psychopath."

„Das kann ich nicht beurteilen ... Ich bin hier ... und du auch."

„Warum?"

Leonard schüttelte den Kopf, als sei die Anstrengung, eine so komplexe Frage zu beantworten, ein Ding der Unmöglichkeit. Ein müder Priester der Gewalt, dachte sie, der aufgehört hat, an das Credo zu glauben. Als er sie jetzt ansah, spürte sie noch etwas anderes: etwas Rätselhaftes, Undurchsichtiges, fast Angsteinflößendes.

„Bist du verärgert?"

„Nein."

„Über das, was ich gesagt habe?"

„Nein."

„Letzte Nacht, bist du immer noch wütend?"

Wieder schüttelte er den Kopf. Sie erinnerte sich daran, dass er gesagt hatte, Gallagher werde nicht viel Worte machen, wenn es darauf ankomme, zu töten. Gallaghers ethnische und politische Verbitterung war nicht gespielt. Er war ein genuines Werkzeug des Terrors und des Chaos. Er wollte keinen Frieden und keine Eintracht, würde sie nie wollen. Wenn alles vorbei war und die Leonards die Zügel in der Hand hatten, würden sie ihn über die Klinge springen lassen. Mittlerweile begriff sie, dass Leonards Schweigen unheilvoller und beängstigender war als Gallaghers brutale Ausbrüche. Seine oberflächliche Wärme und Lockerheit maskierten eine innere Distanz: klinisch, eiskalt. Zum ersten Mal fühlte sie sich vollkommen allein.

Sie wandte den Blick vom Fenster ab. Der Kanonikus hatte die Augen geschlossen, die Ellbogen auf den Tisch gestützt und den Kopf in die Hände gelegt. Die Frau des Colonels saß wieder im Fauteuil, der Colonel neben ihr. Mit beiden Händen hielt er ihre Hand. Als Lynam merkte, dass sie bei etwas sehr Persönlichem störte, sah sie weg. Harriet spürte die Bewegtheit in der Stimme ihres Mannes, als er jetzt sagte: „Immer getrennt."

Sie dachte nach, bevor sie antwortete.

„Sehr ... Ich verstehe."

„Ich habe damals und seither immer wieder gesagt, dass, falls ich je ..." Er verstummte.

„... weniger sein sollte als Ehemann und Geliebter?"

Der Colonel nickte und sagte: „Dass du dann frei wärst."

„Frei?"

„Ja."

„An jenem Morgen ist die Frau in mir gestorben. Verstehst du das?"

Aus seinen Bluthundaugen liefen zu beiden Seiten der Nase Tränen herab und verschwanden, als er stockend zu sprechen begann, in seinem gestutzten grauen Schnurrbart.

„Ich war ... bin ... erbärmlich ... kann nur sagen ... dass ... trotz ... meine tiefe, wahre Liebe zu dir ..." Er schüttelte den Kopf. „Keine Worte."

„In Worten nicht zu fassen ... Ich liebte mein Trugbild von dir, Nobby."

„Wenn wir sterben müssen, können wir als Freunde sterben?"

„Recht hast du."

„Du spottest nicht?"

Harriet schüttelte den Kopf.

„Freundschaft ist besser als Liebe ... viel besser."

So wie sie ihre Tochter geküsst hatte, so wie Menschen ihre geliebten Toten küssen, küsste sie jetzt ihren Mann auf die Stirn.

Die Tür zur Anrichtekammer öffnete sich. Gallagher schritt gelassen durch den langen Salon. Er hatte sich das Gesicht gewaschen, die Haare angefeuchtet und gekämmt und wirkte, wie Lynam fand, wach, furchtlos, fast feierlich. Als er sich näherte, sagte er: „Du liest in meinem Gesicht. Was steht da geschrieben, Lynam? Gangster? Verbrecher?“

Die Abneigung, die sie verspürt hatte, als sie ihn durch den Raum kommen sah, musste offensichtlich gewesen sein. Gallagher lächelte und fragte: „Wollen wir uns küssen?“

„Lass das, Jack.“

„Ich bin Irland. Sie liebt mich, sie sollte es zeigen.“

Eine raffinierte Logik, um sie vor den Augen der Zuschauer am Tisch und im Fauteuil zu beschämen und sie zur Komplizin seiner Brutalität zu machen. Leonard hatte sie gewarnt, und jetzt, als die Warnung mit Erpresserlächeln vor ihr im Raum stand, drehte er ihr den Rücken zu. Sie fing erst Pascals, dann Pacellis Blick auf. Falls sie sich weigerte und Gallagher explodierte, befänden sich Leonard und die Brüder in einem Dilemma. Leonard warf ihr einen Blick zu, und seine Miene besagte: „Es ist nichts, tu’s und fertig damit.“ Als sie zögerte, sagte Gallagher nur für ihre Ohren bestimmt: „Vor vier Stunden wolltest du ihn ficken.“

Mit normaler Stimme sagte er erneut: „Ein Kuss ... mehr nicht.“

Als er auf sie zukam, spürte sie, wie ihr Magen revoltierte. Als ihrer beider Lippen sich berührten, fasste er sie am Kinn und steckte ihr die Zunge in den Mund. Seine Augen blieben offen, starrten sie an. Als es vorbei war, fühlte sie sich besudelt, als sei sie von einem grinsenden Leichnam geküsst worden. Sie wollte schreien und ihm mit den Fingernägeln das spöttische Gesicht zerkratzen. Mit ungeheurer Anstrengung unterdrückte sie ihre Magenkrämpfe und setzte eine gleichgültige Miene auf. Leonard fragte teilnahmslos: „Kaffee? Kannst du welchen machen?"

Lynam ging geradewegs in die Anrichtekammer. Sie fühlte Harriets bohrenden Blick im Rücken. Zitternd stand sie an der mit Teakholz verkleideten Spüle und wusch sich den Mund aus. „Warum zittere ich?", dachte sie. „Vielleicht ist der Tod nicht einmal drei Stunden entfernt." Es sah ihr nicht ähnlich, dass sie ihre Selbstbeherrschung durch einen makabren Judaskuss zunichte machen ließ, und es kam ihr unwirklich vor, dass ihre Seele und ihr Körper mit solchem Abscheu reagierten. Intuitiv konnte sie aus diesem Kuss etwas Anderes herausspüren, etwas Bevorstehendes, Verborgenes – was? Keiner von ihnen konnte voraussehen, was vor oder zur Mittagsstunde geschehen würde, auch Gallagher nicht. Als sie den Wasserkocher füllte, kam ihr die Frau, die sie sowohl gemocht wie bemitleidet hatte, mit einem Mal ungeheuer beneidenswert vor. Die Opfer besaßen Würde. Sie selbst hatte sich den Henkern angeschlossen, der Armee der Verdammten. Noch während sie dies dachte, wusste sie, dass der Gedanke Verrat war. Als Lynam darauf wartete, dass das Wasser zu kochen begann, nahm sie die Pistole hervor und betrachtete sie ohne den Widerwillen, den sie noch am Vorabend verspürt hatte.

Am Fenster fragte Leonard: „Musstest du das tun?"

„Sie ist zu weichherzig. Kaum wird's ernst, fängt sie an loszuheulen."

„Es war nicht hilfreich."

„Ich bin unmenschlich, ein gedankenloser Mörder, sie hat's gesagt, hat's gemeint. Was ist sie denn?

Ein hysterisches, feiges Plappermaul aus der Mittelschicht. Was hat Burke sich nur dabei gedacht, sie hierherzuschicken?"

„Gute Frage."

„Sie könnte alles ruinieren."

Leonard schüttelte den Kopf.

„Das werde ich nicht zulassen", sagte Gallagher.

Leonard spürte die Wirkung dieses verbalen Gerangels. Er antwortete nicht. Gallagher würde niemals zum Anführer taugen. Die typisch irische Schwäche, alles persönlich zu nehmen, hatte er in ausgeprägtem Maße. Sie färbte jedes seiner Worte, jede seiner Handlungen. Professionell sein hieß besonnen sein, und obwohl Leonard vor lauter Sorge ein Magengeschwür hatte, schlecht schlief und zu viel zweifelte, wusste er, dass er selbst ein Profi war. Er sagte: „Lass sie in Ruhe, Jack, sie wird schon noch lernen."

Ein Kombi der BBC kam die Zufahrt herauf, holperte über den Rasen und blieb hinter dem Halbkreis aus Armeefahrzeugen stehen. Gut sichtbar kletterten zwei Männer auf das Wagendach, bauten ein Stativ auf und richteten die Kamera auf das Haus.

„Die Augen der Welt", sagte Gallagher.

Leonard nickte. Gallagher sah auf seine Uhr: Es war 9.45.

„Und wenn die Jungs bis zwölf nicht hier sind?"

„Dann führen wir den Plan aus."

„Wir?"

Wieder wusste Leonard, worauf Gallagher hinauswollte. Abgesehen von den fünf Menschen, die er im Einsatz getötet hatte, hatte er mit kaltblütiger Effizienz einen Mann aus Belfast hingerichtet, der des Verrats für schuldig befunden worden war. Jetzt nahm er an, dass Leonard ihn damit beauftragen wollte, den alten

Mann, der betäubt unter dem Erkerfenster lag, hinzurichten, und unterstellte, dass Leonard seine Position als Anführer dazu nutzen würde, die hässliche Arbeit anderen zu überlassen.

„Das übernehme ich", sagte Leonard.

„Wirklich?"

Leonard nickte. Gallagher schien überrascht.

„Was immer du sagst, Kommandant."

Was immer er sagte, galt, und Gallagher würde einsehen müssen, dass er unmissverständlich meinte und tat, was er sagte. Drei Wörter, ausgelöst von einer hintersinnigen Frage. Jetzt war er zu einer Handlung verpflichtet, von der er wusste, dass er sie ausführen konnte und ausführen würde, auch wenn sein eigener Instinkt ihm davon abriet.

Kanonikus Plumm war auf das Geräusch des vorfahrenden Kombis aufmerksam geworden. Er sah nach der Uhrzeit, dann ging er zum Colonel und sagte etwas. Der Colonel nickte und zeigte auf ein Bücherregal. Der Kanonikus las eine Weile die Titel, dann zog er ein Buch heraus und blätterte eine ganze Weile darin herum. Lynam kam mit dem Kaffee herein und reichte die Tassen in die Runde. Als sie ihren Kaffee schlürften, sagte der Kanonikus: „Es ist Sonntag. Ich würde gern eine Epistel verlesen, haben Sie etwas dagegen?"

„In Ordnung", sagte Leonard.

Der Kanonikus setzte sich ans Kopfende des Tisches, der Colonel auf einer Seite, Harriet auf der anderen. Er setzte eine Brille auf, räusperte sich und las:

„Es ist ein elend jämmerlich Ding um aller Menschen Leben von Mutterleib an, bis sie in die Erde begraben werden, die unser aller Mutter ist. Fürchte den Tod nicht! Gedenke, dass es also vom Herrn geordnet ist über alles Fleisch, derer, die vor dir gewesen sind und die nach dir kommen werden. Der Zeitpunkt des Todes ist nicht von Belang, noch der Ort, noch die Art und Weise. Darum rüste dich, strebe nach hohen Idealen. Sei du selbst. Vor allem heuchle keine Zuneigung. Sei auch nicht zynisch, was die Liebe betrifft, denn auch im Angesicht von Dürre und Enttäuschung ist sie beständig wie das Gras. Stärke die Kraft deines Geistes, um dich bei plötzlichem Unglück zu schützen."

Der Kanonikus legte eine Pause ein, bevor er fortfuhr: „In Krieg und Frieden sind der Opfer viele. Aber quäle dich nicht mit Hirngespinsten. Viele Ängste sind nur eine Ausgeburt der Erschöpfung und der Einsamkeit. Du bist ein Kind des Alls, nicht anders als die Bäume und die Sterne; du hast ein Recht, hier zu sein. Und ob es dir bewusst ist oder nicht, zweifellos entfaltet sich das All seiner Bestimmung gemäß. Darum lebe in Frieden mit Gott, wie auch immer du Ihn dir vorstellst. Im lärmenden Durcheinander des Lebens bewahre den Frieden in deiner Seele. Bei aller Täuschung und Mühsal, bei allen Konflikten und zerronnenen Träumen – die Welt ist immer noch schön."

In die Stille hinein, die auf die Lesung folgte, sagte Gallagher deutlich: *„Introibo ad altare Dei."*

Leonard respondierte fast unhörbar: *„Ad Deum, qui laetificat juventutem meam."*

Harriet hatte diesen Auszug noch nie gehört. Bewegt sah sie erst ihren Mann, dann Kanonikus Plumm an und sagte: „Sehr passend. Danke, Kanonikus."

Der Kanonikus schloss das Buch mit ausgewählten Sonntagsepisteln und dachte einen Augenblick nach, dann erhob er sich und ging auf Leonard und Gallagher zu. Ohne einen von ihnen anzuschauen, sagte er: „Ich möchte, dass Sie ... dass Sie alle verstehen, dass ich, obwohl ich Ihre Methoden zutiefst verabscheue und Ihre

Politik ablehne, keinen Hass in meinem Herzen trage.“ Er hielt inne. „Ich habe oft Dinge gedacht und gesagt ... Dinge, die einem Mann Gottes nicht anstehen ... Wir sind, was wir sind, aufgrund der Geschichte.“

Gallagher kratzte sich mit dem Lauf seiner Pistole am Kinn und sagte: „Die Geschichte lässt sich ändern.“

Kanonikus Plumm antwortete nicht. Er streckte Leonard seine Hand entgegen. Um sie schütteln zu können, musste Leonard seine Pistole von der Rechten in die Linke verlagern. Gallagher zögerte, bevor er es ihm nachtat. Als der Kanonikus auf die McAleers und Lynam zuging, sagte Gallagher leise zu Leonard: „Plumms pflaumenblauer Samt, seine Eintrittskarte in den Himmel ...“

Leonard antwortete nicht. Als der Kanonikus sich setzte, sagte der Colonel: „Ich möchte mich dem, was der Kanonikus soeben vorgelesen und gesagt hat, anschließen.“

Längeres Schweigen, bevor Leonard sprach.

„Sie müssen verstehen, Sir, dass wir uns im Kriegszustand befinden.“

Alle warteten darauf, dass Leonard nähere Ausführungen machte. Er tat es nicht. Es war Gallagher, der, ohne umherzublicken, hinzufügte: „Sie wissen, was Krieg bedeutet, oder sollten es wissen.“

Draußen stand Caldwell neben dem britischen Offizier, der in sein Funkgerät horchte. Zwei Mal sagte dieser: „Verstanden.“

Als er das Funkgerät weglegte, schüttelte er den Kopf. Caldwell blickte zum See, sah auf seine Armbanduhr und fragte: „Man lässt zu, dass sie abgeschlachtet werden?“

„Sie haben Masken dabei ... vier Pistolen und drei Ziele in unmittelbarer Schussweite.“

Die Augustsonne stand hoch über See und Wald und durchflutete den langen Salon mit herrlichem Licht. Leonard stand am Rand des Fensters und betrachtete Alex' hingestreckten Körper und die Kamera auf dem Dach des Kombis. Eine leichte Brise wehte über das Wasser. Mit unbeugsamer Beharrlichkeit tickte die Tomkin-Uhr auf zwölf zu. Leonards Herz schlug langsamer, als er sich innerlich bereit machte, seinen Plan auszuführen. Die drei Gesichter am Tisch waren zu einem Ausdruck gefrorener Angst und Resignation erstarrt. Gallagher sah Leonard gespannt an. Als die Uhr zu schlagen begann, standen die McAleers auf. Lynam saß mit ausdrucksloser Miene in der Ecke. Als der letzte Gongschlag der Uhr verhallt war, herrschte Totenstille. Leonard öffnete einen Spaltbreit das Fenster und trat zurück, damit seine Schusshand nicht zu sehen war. Mit der Linken umfasste er sein rechtes Handgelenk und feuerte zwei Schüsse in den mit Segeltuch verhüllten Kopf. Zwischen den Schüssen hielt er inne. Nach dem ersten Schuss hatte der Körper noch gezuckt. Jetzt lag er reglos da. Gallagher nickte unmerklich. Lynam bemerkte ein leichtes Zittern in Leonards Hand, als er zwei Kugeln nachlud. Ihr Kopf war leer, so als habe irgendein Mechanismus die Brutalität des Vorfalls ausgelöscht. Die McAleers bekreuzigten sich. Auf den Gesichtern am Tisch zeigte sich völliges Nichtbegreifen. Der Colonel fragte: „Was? Warum haben Sie geschossen?"

Niemand antwortete.

Lynam bemerkte eine Bewegung und blickte auf. Harriet stand am Fenster. Lynam konnte ihr Gesicht nicht sehen, aber ihrem Rücken ablesen, dass sie weinte. Als die Wirkung dieser stummen Qual unerträglich wurde, ging Lynam zur Toilette. Ausdruckslos starrte sie auf die Keramikschüssel mit dem thronähnlichen Mahagonisitz. Sie blieb eine Weile dort, biss die Zähne zusammen und ballte die Fäuste, um ein Zittern zu unterdrücken, als die Tür aufknarrte. Gallagher. Sie erkannte seine Jeans und seine Desert Boots. Sie schaute nicht auf und empfand nichts. Als er sie tonlos fragte: „Alles in Ordnung, Lynam?“, stieß sie die Tür mit beiden Füßen zu. Allmählich begann sie sich wieder normal zu fühlen, das Blut pulsierte durch ihre Adern, und mit ihm kehrte die Wärme zurück.

Als sie wieder in den Salon kam, lächelten nur die McAleers. Sie setzte sich abseits und sah zu, wie der Nachmittagsschatten über die breiten, gebleichten Dielenbretter vor dem Erkerfenster kroch. Das Schweigen, die Reinheit des Lichts und die angespannte Stille wurden so bedrückend, dass sie sich erhob. Da bombardierte eine Megaphonstimme das Haus: „Bitte um eine kurze Unterredung mit Colonel Armstrong an der Vordertür.“

Sie bemerkte, dass Leonard dem Colonel sofort zunickte, und trat ans Fenster. Hinter Leonard stehend, konnte sie hinaus- und hinabblicken. Mit einem dumpfen Übelkeitsgefühl sah sie, was Harriet so gequält hatte: Boyd-Crawford, zusammengerollt im Gras, ein in Tweed und Sackleinen gewickelter ausgesetzter Fötus. Der Offizier sprach etwa drei Sätze. Als der Colonel zurückkam, ging Leonard ihm entgegen.

Lynam beobachtete, wie sie zum anderen Ende der Eingangshalle gingen. Zwei Mal blieben sie stehen, ohne einander anzuschauen. Dann trat der Colonel zur Seite und betrachtete durch die Balustrade eine italienische Landschaft, die neben der flach ansteigenden breiten Treppe an der getäfelten Wand hing. Er wartete. Minutenlang blieb Leonard wie angewurzelt stehen und starrte auf den Fußboden, dessen Steinplatten sich im Lauf der Jahrhunderte abgenutzt hatten. Würde er sich beraten? Ganz offensichtlich war etwas Unerwartetes vorgeschlagen oder angedroht worden. Er hob die Augen und fing ihren unverwandten Blick auf, gleich darauf sah er wieder weg und näherte sich dem Colonel. So, wie die beiden redeten, sich umdrehten und einander aufmerksam zuhörten, bestand für sie kein Zweifel, dass ein Kompromiss ausgehandelt worden war. Sie spürte Gallagher neben sich, der aufmerksam lauschte. Ohne ihn anzuschauen, fragte sie: „Verstehst du was?"

„Er weiß, was er tun wird."

„Du auch?"

Es trat eine Pause ein, bevor Gallagher fragte: „Ich auch was?"

„Weißt du auch, was er tun wird?"

„Auf uns kommt es nicht an."

Eine scharfe Bemerkung lag ihr auf der Zunge. Sie unterdrückte sie. Es war keine Zeit mehr, außer für die alles beherrschende, wachsende Angst. Was war vereinbart worden?

Sie glaubte, das Wort „entwaffnen" gehört zu haben, und sah Leonard nicken. Als sie jetzt die Halle durchquerten, der Colonel vorneweg, wich sie zurück. Sie fixierte Leonards Gesicht. Wieder hatte sie den Eindruck, dass er ihren Blick absichtlich mied. Als er dem Colonel in den Salon folgte, sagte er: „Sie bringen sie."

Die McAleers lachten.

„Großartig."

„Gut gemacht, Martin."

„Er hat recht behalten."

„Tut er immer."

Gallagher lächelte vorsichtig. Wie er hatte Lynam einen fragenden Gesichtsausdruck. Leonards Stimme verriet keinen Triumph, als er die Freilassung bekannt gab, und noch düsterer wirkte er, als er sagte: „Ich könnte ein Glas Whiskey vertragen."

Der Colonel schenkte ihm ein. Leonard nahm den Whiskey, entfernte sich und stand allein vor dem Kamin. Als Gallagher auf ihn zutrat, sagte Leonard plötzlich mit scharfer Stimme: „Haltet Wache, ihr alle."

Gallagher betrachtete Leonard mit einem Argwohn, der schon fast an Drohung grenzte. Widerstrebend ging er, wie befohlen, zur Tür. Sie nahmen ihre Posten wieder ein. Lynam konnte Leonards Blick nicht auf sich ziehen. Nach fünf Minuten ging sie zu ihm.

„Sie bringen sie?"

„Ja."

„Wann?"

„Bald. In einer Stunde, vielleicht weniger."

„Warum haben sie bis jetzt gewartet? So dumm ..."

Leonard zuckte die Achseln.

„Das ist ein Trick", sagte sie.

„Wenn es so ist, verfahren wir nach Plan."

Harriet und Kanonikus Plumm bedachten den Colonel mit fragenden Blicken. Er ließ sich zu keiner Äußerung verleiten und sagte nur: „Ich glaube, es wird gut ausgehen."

„Gott sei Dank", sagte Kanonikus Plumm.

Leonard trank seinen Whiskey aus und goss sich einen zweiten ein. Er hatte einen Entschluss gefasst, doch je länger er über ihn nachdachte, je länger er sich seine Umsetzung vor Augen führte, desto skeptischer wurde er. Drei nervenaufreibende Jahre lang hatte er immer wieder vor unbequemen Alternativen gestanden. Er hatte sich daran gewöhnt, schwierige Entscheidungen zu treffen, diese jedoch erforderte eiskaltes Abwägen. Die Tötung des ersten Opfers hatte ihn in eine schwierige Position gebracht. Er ließ den zweiten Whiskey unberührt auf dem Sims neben der Uhr stehen: 12.30. Der Hubschrauber sollte um 14.00 Uhr eintreffen, es sei denn, sie planten einen Überraschungsangriff in der Zwischenzeit. Plötzlich fühlte er sich sehr müde. Er ging zur Couch, legte sich hin und schloss die Augen. Ein Stunde verstrich. Dann hörte er Gallaghers Stimme an seinem Ohr.

„Und der Haken dabei, Martin?"

Er sah Gallagher an. Es hatte keinen Sinn, diesem kalten, herzlosen Mann, der stets einen Schritt voraus dachte, ins Gesicht zu lügen.

„Wir werden warten müssen."

„Und der Haken dabei?"

„Wir müssen warten."

„Du lügst."

„Ich bin müde."

„Nicht körperlich müde."

„Vorsicht, Jack."

„So regeln sie die Dinge nicht. Ich will es wissen."

Leonard blickte zu Lynam. Er wusste, dass sie genau wie Gallagher etwas Unvorhergesehenes, Unerwartetes ahnte. Er konnte ihnen unmöglich die Wahrheit sagen.

„Ich lasse mich nicht drängen, Jack."

Gallagher begriff, dass Leonard sich nicht zum Reden bringen lassen würde, und setzte sich gehorsam in Bewegung. Als Leonard sah, dass er ihm gehorchte, stieß er einen leisen Pfiff aus. Gallagher kam zurück und beugte sich zu Leonard, der ihm etwas zuflüsterte. Gallagher richtete sich auf. Eine ganze Weile lang stand er so da und dachte nach. Schließlich nickte er und warf Lynam einen fast mitleidigen Blick zu. Als sie diesen Blick auffing, kroch ein Gefühl des Verhängnisses in ihr Herz. Was war gesagt worden? War Gallagher eingeweiht? Wenn ja, weshalb war sie selbst ausgeschlossen worden?

„Es gibt eine Übereinkunft", sagte sie.

Leonard nickte.

„Was für eine?"

„Gleich."

Der Colonel blickte von einem Buch auf, *Beautiful Flowering Shrubs* von G. Clarke Nuttal. Aufgeschlagen hatte er Kapitel XVIII, „Immergrüne Rhododendren".

Drei Mal hatte er denselben Absatz gelesen, ohne ihn zu verstehen. Jetzt blätterte er die Seiten um und sah sich die prachtvollen farbigen Illustrationen an. Hin und wieder zeigte er eine Bildtafel seiner Frau, die nickte und „exquisit" oder „wunderschön" sagte. Kanonikus Plumm setzte seine Lektüre ausgewählter Sonntagsepisteln fort. Auch er zeigte hin und wieder eine Passage Harriet, die sie durchlas und dabei unentwegt rauchte.

Um zehn nach zwei hörten sie alle den Hubschrauber nahen. Als er gelandet war und das Motorgeräusch verstummte, stand Leonard auf und nickte dem Colonel zu. In der Halle sagte Leonard: „Wenn sie hier sind, begleiten wir zwei von Ihnen bis zum Hubschrauber."

„Was ist mit den Waffen?"

„Wenn Sie zurückkommen."

Der Colonel begab sich hinter die gepanzerten Fahrzeuge und war in weniger als eine Minute zurück. Als er zur Tür hereinkam, sagte er zu Leonard: „Sie sind hier."

Leonard betrat den Salon und ging auf Lynam zu. Er griff nach ihrer Handtasche, nahm die Pistole heraus und schob sie in seine Gesäßtasche. Verdutzt, aber schon halb begreifend sah sie zu, wie er sich Pascal näherte und ihm etwas zuflüsterte. Pascal übergab ihm seine Pistole. Dann näherte er sich Pacelli, der ihm ebenfalls seine Pistole aushändigte. Daraufhin reichte Leonard eine der Pistolen an Gallagher weiter.

„Was tust du da?“, fragte Lynam.

Leonard antwortete nicht. Er trat zu dem Adam-Kamin und blieb unter dem großen vergoldeten Spiegel stehen. Gallagher ging vom Fenster zum anderen Ende des Salons und stellte sich an einem Punkt auf, von dem aus er alle gut im Blick hatte. Leonard hatte sich offensichtlich vorbereitet, er wählte seine Worte mit großer Sorgfalt. Er sprach mit so leiser Stimme, dass alle sich anstrengen mussten, um zu verstehen, was er sagte.

„Das Angebot lautet: nichts oder ... drei gegen drei ...“ Er hielt inne. „Die Männer, die freigelassen werden ... ihr kennt ihren ... Wert ... Ich musste mich entscheiden ... Ich habe mich entschieden.“

Ungläubig hörte Lynam zu, wie die sparsamen Worte sie zur Mordgehilfin stempelten, sie zu der Brutalität, dem schleichenden Tod eines Gefängnislagers verdammten. Leonard sah Pascal und Pacelli an und sagte: „Tut mir leid, Jungs. Um eure Mutter wird man sich kümmern.“

Er wandte sich an Lynam. Die Worte, die er sich zurechtgelegt hatte, kamen ihm jetzt unpassend vor. Mit einem Mal sah sie Gemeinheit, Feigheit und Verrat hinter den schwerlidrigen Augen. Bevor er etwas sagen konnte, fuhr sie ihn an: „Du hast dich selbst erwählt. Mein Gott, bist du ein Feigling.“

Sie war aufgesprungen und zitterte so sehr, dass sie kaum reden konnte. Sie nickte zu Gallagher hin.

„Du hast ihn erwählt ... ihm den Vorzug vor mir gegeben?“

„Er tut, was er tut, besser als du.“

Er verkniff sich, hinzuzufügen: „Und die beiden anderen auch.“

Ihre Stimme klang schrill, als sie sagte: „Ein Psychopath, das weißt du.“

„Dann bin auch ich einer. Ich will nicht urteilen, und ich habe mich entschieden. Tut mir leid.“

„Es tut dir nicht leid. Kapitän und Erster Offizier verlassen das sinkende Schiff und lassen die Mannschaft im Stich; wenn du vor dem Kriegsgericht stehst, wird man Balladen über dich schreiben, Kommandant ... Leonard, die Memme.“

Die Worte saßen. Was sie soeben ausgesprochen hatte, war Leonard während der zweistündigen Wartezeit wieder und wieder durch den Kopf gegangen. Er war überzeugt, dass Burke und der Armeerat seine Entscheidung billigen, aber bedauern würden. Zwei Bombenbastler und eine verdächtige Propagandistin zählten nicht im Vergleich zu Kraft, Energie und Hingabe der drei freigelassenen Männer. Und er hatte beschließen müssen, dass Gallagher und er selbst die Nützlichsten unter den Fünf waren. Seine Gegner würden jenes Wort flüstern, mit dem sie ihn gerade belegt hatte – das einzige Wort, das einen Soldaten beschämt. Dass er vor Zeugen und Kameras getötet hatte, schloss die Möglichkeit eines ritterlichen Angebots aus, selbst zurückzubleiben. Hätte einer der Brüder getötet, er hätte diesen zum Gehen bestimmt. So oder so, Lynam wäre zurückgelassen worden. Vom Ende des Salons ertönte Gallaghers Stimme.

„Das ist keine Kreuzfahrt, wo Kapitäne ehrenvoll ertrinken, es ist Krieg; er befiehlt ... du gehorchst ... das ist alles.“ Weniger barsch sagte er: „Wenn du dein Leben so hoch einschätzt, kannst du gehen, ich werde bleiben. Dasselbe gilt für die Jungs.“

Leonard wollte schon eingreifen, als Pascal und Pacelli wie aus einem Munde sagten:

„Ich folge Martin.“

„Ich auch, Martin hat recht.“

Gallagher fragte: „Nun?“

„Du meinst es ernst?“

„Ich meine es ernst.“

Waren nette Burschen Dreckskerle und Dreckskerle edelmütig? Noch immer ungläubig, blickte sie von Leonard zu Gallagher. Bluffte er? Sie brauchte nur ja zu sagen. Als sie ihn taxierte, begriff sie, dass Gallaghers Angebot herablassend gemeint war. Er spielte sein Talent als Killer gegen ihr ruheloses Gewissen und ihre Menschlichkeit aus. Weit davon entfernt, sich wie ein Sidney Carton für sie aufzuopfern, zog er mit grausamem psychologischem Geschick die Schrauben an und forderte sie dazu heraus, sich selbst den Vorzug geben. Sein Angebot anzunehmen wäre weit schimpflicher als die bittere Alternative, die sich abzuzeichnen begann. Inzwischen hatte sie das Gefühl, dass jedes Wort, jeder Schritt und jede Szene unausweichlich zu diesem Moment des Terrors und der Zurückweisung geführt hatte. Gefasst sagte sie: „Das Gefängnis ist mir lieber als jeder von euch.“

„Das“, meinte Gallagher, „überrascht mich nicht.“

Auf dem Kies waren Schritte zu hören. Leonard ging zur Seite des Erkerfensters: Caldwell war wieder auf dem Weg zum Haus. Zum Colonel sagte Leonard: „Wir bringen Sie und den Kanonikus jetzt hin.“

Gallagher umarmte Pascal und Pacelli. Dann richtete er das Wort an Lynam und sagte: „*Slán.*“

Sie antwortete nicht.

Nachdem Leonard den Brüdern die Hand geschüttelt hatte, sah er Lynam an. Als er auf sie zutrat, sagte sie: „Sein Angebot war eine Beleidigung. Lieber wäre ich tot, als euch herrschen zu sehen.“

Leonard hing seinen Gedanken nach. Er teilte sie nicht mit. Mit unveränderter Stimme sagte er: „Ich weiß.“

Als er sich zum Gehen wandte, nahm Gallagher ihn beiseite. Leonard ahnte, was er sagen wollte, und erklärte: „Sie hat's nicht so gemeint.“

„Sie hat's gesagt ... Alles, was sie weiß, Martin ... wer, warum, wann, was ... sie werden es erfahren ... Wir können sie nicht zurücklassen!“

„Das Angebot lautet: drei gegen drei.“

Als Gallagher über die Situation nachdachte, sagte Leonard: „Ich hatte zwei Stunden Zeit zu überlegen: Es ist der einzige Ausweg.“

„Ich bleibe für einen der Jungs zurück.“

„Das wirst du nicht tun.“

„Ich will aber, Martin.“

„Bombenbastler gibt's wie Sand am Meer. Du wirst gebraucht.“

„Wir sind Soldaten ... Wir sollten ... Wir können sie nicht zurücklassen, Martin ... nicht alle beide.“

„Wenn ich mich in Bewegung setze, setzt du dich mit mir in Bewegung. Bist du bereit?“

Einen Augenblick lang erschien es Leonard, als würde Gallagher nicht gehorchen. Ohne ihn anzusehen, fragte er abermals: „Bereit?“

„Bereit“, antwortete Gallagher.

Leonard gab dem Colonel und Kanonikus Plumm ein Zeichen, sich zur Eingangshalle zu begeben. Mit der freien Hand machte Gallagher eine wegschiebende Bewegung zu den Brüdern hin, eine Geste der Niederlage und des Lebewohls. Zur Antwort erhoben sich die McAleers und salutierten. Düster erwiderte Leonard den Salut und folgte den anderen. Als sie hinausgingen, saß Lynam verloren mit dem Rücken zum Fenster. Nach und nach wurde sie sich Harriets Blicken, dann ihrer Stimme bewusst:

„Eine beklagenswerte Fabel über Dinge, schlecht getan,
Für die lebenden Toten: von der Sonne kein Trost."

Als Harriet den Salon verließ, traten Pascal und Pacelli auf Lynam zu. Beide lächelten unnatürlich. Sie starrte in ihre Gesichter.

„Sie werden uns misshandeln ... uns foltern."

„Denk nicht daran, meine Liebe", sagte Pascal.

„Wie das Schicksal so spielt", fügte Pacelli hinzu.

„Manche müssen leiden."

„In fünf Jahren werden wir lachen."

„Darauf kannst du Gift nehmen."

„Zeig ihnen, dass du keine Angst hast, Bella."

„Steh aufrecht, du bist Soldat."

„Halt dich tapfer. Tritt ihnen entgegen, zusammen mit uns."

Als sie zwischen ihnen stand, küssten sie sie, wie sie sie am Vorabend geküsst hatten.

Draußen vor der Tür sah Harriet zu, wie drei Kamerateams die vier Personen filmten, die aus dem Haus im Tudor-Stil auf den wartenden Hubschrauber zuschritten. Als sie aus ihrem Blickfeld verschwunden waren, ging sie zu Alex, kniete sich neben seinen Kopf und deckte sein Gesicht auf. Die beiden Kugeln waren am Haaransatz in seinen Schädel eingetreten und hatten sein Gesicht unversehrt gelassen. Sie zog einen ihrer Schuhe aus und schob ihn unter sein Kinn, damit der Mund sich schloss. Mit den Daumen drückte sie ihm die Augen zu, als sie bemerkte, dass Soldaten über den Kies auf die Treppe zurannten. Sie stürmten an ihr vorbei ins Haus. Dann kniete sich ein britischer Offizier neben sie und fasste sie am Arm.

„Mrs Armstrong."

„Ja."

„Wir kümmern uns darum."

„Es geht schon ... ein Freund ... ein lieber, lieber Freund, so gütig, ein Mensch, verstehen Sie?"

„Natürlich."

„Ein Mensch."

Sie schüttelte den Kopf. Alex' Gesicht verschwomm.

„Ich glaube, Sie sollten hineingehen."

Der Offizier drückte sanft ihren Arm.

„Nein ... ich ... es geht schon."

Sie war noch immer auf den Knien, als sie die McAleers und Lynam durch die Vordertür kommen sah, eskortiert von Soldaten. Als Lynam ihre Schritte verlangsamte, um etwas zu sagen, wurde sie von den Soldaten derb nach vorn gestoßen. Harriet senkte den Kopf und weinte. Neben dem Haus schraubte sich der Helikopter in die Höhe, die Rotorblätter wirbelten in der Nachmittagssonne, ein abscheuliches Insekt, das über den stillen See, die Wiese und den Wald nach Süden flog.

Als sie aufblickte, wurden der Colonel und der Kanonikus gerade von Fernsehreportern interviewt. Caldwell stand hinter den Kamerateams und sah zu. Ein Reporter und ein Kameramann mit tragbarer

Kamera näherten sich der Treppe. Der Offizier stand auf und scheuchte sie fort. Sie versuchten es immer wieder, und er sagte: „Bitte, meine Herren, bitte ... später."

Harriet sah sie kommen, erhob sich und sagte: „Ich habe keine Einwände, vorausgesetzt, sie zeigen Alex nicht so."

Inzwischen waren sie nur noch drei Meter entfernt. Die Kamera begann zu surren.

„Was wollen Sie wissen? Es ist doch alles offensichtlich!"

Der Reporter sagte: „Ich habe gehört, dass Sie brutal geschlagen wurden, Mrs Armstrong."

Harriet schüttelte den Kopf.

„Ihr Gesicht ist verletzt."

„Es ist nichts."

„Was sind jetzt Ihre Gefühle?"

„Meine Gefühle? Worüber?"

Der Reporter zögerte unsicher. Sie wartete, bis er fragte: „Vor wenigen Minuten standen Sie an der Schwelle des Todes."

Harriet nickte. „Ja ... nun ... meine Gefühle."

Sie stockte, offenbar außerstande fortzufahren. Der Offizier schüttelte den Kopf und gab dem Reporter ein Zeichen, das Interview abzubrechen.

„Nein, nein, ich kann antworten ... Mein Gefühl in diesem Augenblick ist ein Gefühl von ... Verlassenheit ... von unsagbarer Verzweiflung ... Das ist mein Gefühl in diesem Augenblick ... Verzweiflung ... aber schauen Sie sich um."

Harriet blickte über das versammelte Kriegsgerät und die Uniformen hinweg zu dem langgestreckten See, zu dem großen Wald dahinter und in die Augustsonne, den blendenden Himmel.

„Schauen Sie sich um."

Ihre Gesichtszüge entglitten ihr, als sie sagte: „Die Welt ist immer noch schön."

Sie nickte, versuchte zu lächeln und sagte noch einmal: „Schön."

Anmerkungen des Übersetzers

- **Seite 5:** *Land of Hope and Glory* – „Land der Hoffnung und des Ruhms", nationalistische englische Hymne, Musik von Edward Elgar (1857-1934), Text von Arthur C. Benson (1862-1925). Das Trio aus Elgars Marsch *Pomp and Circumstance* Nr. 1 in D-Dur (1901) wurde 1902 aus Anlass der Krönungsfeierlichkeiten König Edwards VII. mit einem Aufruf zur Ausdehnung des britischen Weltreichs unterlegt.
- **Seite 7:** Armeerat (Army Council) – von 1969 bis 2008 (nach anderen Quellen bis zum heutigen Tag) aus sieben Mitgliedern bestehendes oberstes Beschlussgremium der Provisorischen Irisch-Republikanischen Armee.
- **Seite 13:** *Eton Boating Song* – 1863 uraufgeführtes Schullied des Eton College, Text von William Johnson Cory (1823-1892), Musik von Algernon Drummond (1844-1932).
- **Seite 14:** Royal Ulster Constabulary (RUC) – von 1922 bis 2001 bestehende bewaffnete Polizeitruppe Nordirlands, die wie ihr Gegenstück, die unbewaffnete Garda Síochána im Irischen Freistaat, aus der im Zuge der Teilung der Insel am 1. Juni 1922 aufgelösten Royal Irish Constabulary (RIC) hervorging.
- **Seite 14:** Ulster Defence Regiment (UDR) – von 1970 bis 1992 Infanterieregiment der britischen Armee zur Verteidigung der Union Nordirlands mit Großbritannien, das sich aus freiwilligen Teil- und Vollzeitsoldaten, meist Protestanten, zusammensetzte.
- **Seite 15:** IRA – Irisch-Republikanische Armee, 1919 mit dem Ziel der völligen Unabhängigkeit Irlands von Großbritannien gegründete paramilitärische Organisation. 1919-21 Guerillakrieg gegen die britische Herrschaft in Irland, 1922-23 im irischen Bürgerkrieg Kampf gegen den Irischen Freistaat. In den dreißiger und fünfziger Jahren erfolglose Bombenkampagnen in England und Nordirland. 1969 Spaltung in die „Offizielle" und die „Provisorische" IRA. Letztere führte einen neuerlichen Guerillakrieg in vier Phasen (Verteidigung, Vergeltung, Eskalation, Zermürbung). Nach einer zunehmenden Politisierung

der Republikanischen Bewegung in den achtziger und zwei Waffenstillständen sowie dem Karfreitagsabkommen zur Beilegung des Konflikts in den neunziger Jahren verkündete der Armeerat 2005 das Ende der bewaffneten Kampagne und die Zerstörung des Waffenarsenals.

- **Seite 16:** *Belfast News Letter* – nordirische Tageszeitung mit unionistischer Ausrichtung, 1737 gegründet und damit die älteste heute noch in Umlauf befindliche englischsprachige Zeitung der Welt.

- **Seite 17:** Fenier – abschätzige Bezeichnung für Anhänger der irischen Unabhängigkeit, in Nordirland für irische Katholiken überhaupt. Das Schmähwort geht zurück auf den 1859 von James O'Mahoney in New York gegründeten republikanischen Geheimbund Fenian Brotherhood, der sich seinerseits auf die Fianna, Kriegertruppen der irischen Mythologie, insbesondere des Sagenkreises *Fenian Cycle*, bezog.

- **Seite 22:** Bomben in Birmingham – Gemeint sind die der IRA zugerechneten Bombenanschläge in Birmingham am 21. November 1974, die 21 Todesopfer forderten und in deren Gefolge sechs unschuldige Iren, die „Birmingham Six", verhaftet, zu Geständnissen gezwungen und 1975 zu lebenslanger Freiheitsstrafe verurteilt wurden. Die Urteile wurden erst sechzehn Jahre später aufgehoben.

- **Seite 25:** *La Belle Dame sans Merci* – „Die schöne Dame ohne Gnade", 1819 veröffentlichte lyrische Ballade des englischen Dichters John Keats (1795-1821).

- **Seite 25:** *Je m'appelle Isabel Lynam, et je voudrais changer les choses telles qu'elles soient, sans des salopards comme toi, mais la cause a besoin de toi, comme les champs ont besoin du fumier des cochons.* – „Ich heiße Isabel Lynam, und ich möchte die Dinge, so wie sie sind, ändern, ohne Dreckskerle wie dich, aber die Sache braucht dich, so wie die Felder Schweinemist brauchen."

- **Seite 27:** Pius XIII. – Papst Pius XII. (1876–1958) hieß mit bürgerlichem Namen Eugenio Maria Giuseppe Giovanni Pacelli. Hier wird Pacelli McAleer sarkastisch zum dreizehnten Pius gemacht.

- **Seite 28:** Owen Roe – Owen Roe O'Neill (anglisierte Form von Eoghan Ruadh Ua Néill, 1590-1649), irischer Heerführer in spanischen Diensten, der 1607 während der „Flucht der Grafen“ (99 irischer Adliger) in die Spanischen Niederlande gelangt war. 1642 kehrte er nach Irland zurück, um der Irischen Rebellion von 1641 zu Hilfe zu kommen und die Sache der vollständigen Unabhängigkeit Irlands zu betreiben. In Clones (in unmittelbarer Nähe des Wohnhauses von Eugene McCabe) erlitt er eine militärische Niederlage. Im 19. Jahrhundert wurde er von irischen Nationalisten gefeiert (vgl. „Lament for the Death of Eoghan Ruadh Ua Néill Commonly Called Owen Roe O'Neill“ von Thomas Davis).
- **Seite 30:** de Valera – Éamon de Valera (1882-1975), irischer Freiheitskämpfer und Politiker. 1913 Gründungsmitglied der Irish Volunteers, 1916 Beteiligung am Dubliner Osteraufstand. Als US-Staatsbürger entging er der Todesstrafe und musste nur eine Gefängnisstrafe verbüßen. 1917 Vorsitz der Partei Sinn Féin, 1919 Wahl zum Präsidenten des Exekutivrats der Irischen Republik und Beteiligung am Unabhängigkeitskrieg, 1922-23 im irischen Bürgerkrieg Kampf gegen den Irischen Freistaat. 1926 Begründer der Partei Fianna Fáil, 1932-48, 1951-54, 1957-59 irischer Premierminister, 1959-73 irischer Staatspräsident.
- **Seite 30:** Patrick Pearse (Pádraig Mac Piarais, 1879-1916), irischer Freiheitskämpfer, Pädagoge und Schriftsteller. 1895 Beitritt zur Gälischen Liga, 1908 Gründung einer eigenen Schule, St. Enda's, 1913 Mitbegründer der Irish Volunteers, 1914 Eintritt in die Irish Republican Brotherhood, 1916 Oberbefehlshaber des Dubliner Osteraufstands und Hauptautor der Unabhängigkeitserklärung. Zusammen mit vierzehn anderen Aufständischen, darunter seinem Bruder William, im Gefängnis von Kilmainham hingerichtet. Eine seiner wichtigsten politischen Maximen lautete: „Irland, unfrei, wird niemals Frieden finden.“
- **Seite 32:** Herr, streng bist Du mit Müttern – „Lord, thou art hard on mothers“, Verse aus dem Gedicht „Die Mutter“, das Patrick Pearse kurz vor Beginn des Osteraufstands 1916 für seine Mutter schrieb.

- **Seite 35:** Hogarth – William Hogarth (1697-1764), sozialkritischer englischer Maler und Grafiker, der in Gemälden und Kupferstichen (Konversations- und Moralstücke) die Mores seiner Zeit karikierte.
- **Seite 38:** *Thíos ansin ag an abhainn thug tú cailleach orm; sula rachaimid áit ar bith anois gabhfaidh tú mo leithscéal.* (irisch) – „Unten am Fluss hast du mich einen Dreckskerl genannt, und bevor wir irgendwo hingehen, wirst du dich entschuldigen."
- **Seite 41:** *Slán* (irisch) – „Auf Wiedersehen".
- **Seite 43:** NICHT GENEHMIGTE STRASSE („Unapproved Road") – kleinere Straßen an der irisch-irischen Grenze, die während des bewaffneten Konflikts in Nordirland blockiert oder anderweitig unbenutzbar gemacht wurden oder deren Benutzung untersagt war.
- **Seite 47:** William Wordsworth (1770-1850) – englischer romantischer Dichter, eng befreundet mit Samuel Coleridge, mit dem zusammen er die *Lyrical Ballads* (1798) verfasste. 1843 Poet Laurate. Autobiografisches Gedicht *The Prelude* (postum 1850).
- **Seite 47:** Charles Lamb (1775-1834) – englischer Dichter, Essayist und Nacherzähler der Dramen Shakespeares, „die liebenswürdigste Gestalt der englischen Literatur" (E.V. Lucas). Befreundet mit William Wordsworth und Samuel Coleridge.
- **Seite 51:** Plunkett – Oliver Plunkett (Oilibhéar Pluincéid, 1625 od. 1629-1681), irischer Geistlicher und Theologe. 1669 Erzbischof von Armagh und Primas von Irland. 1672, zur Zeit der verschärften Katholikenverfolgung, Tätigkeit im Untergrund. 1679 wegen Hochverrats festgenommen, nach London überführt und zum Tode am Galgen verurteilt. 1920 Selig-, 1975 Heiligsprechung.
- **Seite 62:** Regina Magnifica – „herrliche Königin", eigentlich Beiname der Jungfrau Maria, hier der britischen Monarchin Victoria (1819-1901), die nach landläufiger Überlieferung während des „Großen Hungers" 1845-49 für die „Britische Gesellschaft zur Erleichterung der größten Not in den abgelegenen Gemeinden von Irland und Schottland" denselben

Betrag wie für ein Hundeheim spendete: fünf Pfund (möglicherweise waren es 2000 Pfund).

- **Seite 64:** *Mise Éire nua* (irisch) – „Ich bin das neue Irland", Anspielung auf das Gedicht *„Mise Éire"* („Ich bin Irland") von Patrick Pearse, in dem Cathleen Ni Houlihan, die Personifikation Irlands, spricht. Zugleich Wortspiel: Miss Neues Irland.
- **Seite 64:** Schweine – gemeint ist der „Pig" genannte Humber FV1609, ein vierrädriges leicht gepanzertes Mannschaftstransportfahrzeug der britischen Armee.
- **Seite 64:** Sarazenen – gemeint ist der Alvis Saracen FV603, ein sechsrädriges gepanzertes Mannschaftstransportfahrzeug der britischen Armee.
- **Seite 69:** aus dem zweiten Eden, dem halben Paradies – „This other Eden, demi-paradise", Bezeichnungen für England aus William Shakespeares Königsdrama *Richard II.* (1597), Zweiter Aufzug, Zweite Szene.
- **Seite 76:** *Sláinte* (irisch) – „Auf dein Wohl" (wörtlich „Gesundheit"), irischer Trinkspruch.
- **Seite 76:** *Sláinte leat*, meist *Slán leat* (irisch) – „Lebe wohl" (wörtlich „Gesundheit mit dir"), irischer Abschiedsgruß.
- **Seite 79:** Hähnchen im Korb – zusammen mit Pommes frites im Korb servierte und mit den Fingern gegessene Brathähnchen, die zu erhöhtem Alkoholkonsum animieren sollten.
- **Seite 79:** Reel – ursprünglich schottischer, seit der zweiten Hälfte des 18. Jahrhunderts auch irischer Volkstanz im schnellen 2/2-Takt nach dem Muster AABB, oft zu mehreren Sets zusammengestellt, sodann auch die Tanzmelodie selbst.
- **Seite 79:** Nächst der Liebe das Süßeste ist Hass! – „And next to love the sweetest thing is hate!", aus dem Schauspiel *The Spanish Student* (1843) von Henry Wadsworth Longfellow (1807-1882).
- **Seite 80:** Erskine Childers – Erskine Hamilton Childers (1905-1974), Sohn des im irischen Bürgerkrieg vom Irischen Freistaat hingerichteten Schriftstellers Robert Erskine Childers (1870-1922). 1951-73 verschiedene Ministerposten, 1973-74 vierter Präsident der Republik Irland.

- **Seite 80:** Ancient Order of Hibernians – 1836 in New York anfänglich zur Unterstützung von irischen Immigranten gegründete irisch-katholische Bruderschaft, die sich später auch in Irland einem konservativen irischen Nationalismus verschrieb. Ein prominentes Mitglied war John F. Kennedy.
- **Seite 84:** Der Hund von Ulster – Anspielung auf den als unbezwingbar geltenden Hund des Schmieds Culann, der von dem mythischen Helden Sétanta mit einer Schleuder getötet wird. Danach erhält Sétanta den Namen Cú Chulainn („Hund des Culann") und wird zur überragenden Heldenfigur des Ulster-Sagenzyklus.
- **Seite 84:** Pale – Landstrich an der Ostküste Irlands (mit Dublin als Mittelpunkt), der im Spätmittelalter unter englischer Direktherrschaft stand, benannt nach dem Pfahlzaun, der zusammen mit Gräben und Hecken das englischsprachige Territorium umgab. Noch heute Bezeichnung für die Gebiete um Dublin.
- **Seite 87:** Patrick Kavanagh (1904-67), bedeutendster irischer Dichter zwischen W. B. Yeats und Seamus Heaney. Ging mit dreizehn Jahren von der Schule ab und arbeitete wie sein Vater als Schuster und Bauer. Nach der Veröffentlichung seines Gedichtbands *The Ploughman* (1936) und der Autobiografie *The Green Fool* (1938) Umzug nach Dublin, wo er sich seinen Lebensunterhalt als Rezensent und Kolumnist verdiente.
- **Seite 88:** Paderewski – Ignacy Jan Paderewski (1860-1941), polnischer Pianist, Komponist und Politiker. 1919 Ministerpräsident und Außenminister der Zweiten Polnischen Republik, 1939 Präsident des Polnischen Nationalrats in London.
- **Seite 89:** Er kam zum Capitol, wo König Tod / Hof hält in Blässe, Schönheit und Ruin – „To that high Capital, where kingly Death / Keeps his pale court in beauty and decay", Verszeilen aus *Adonais. An Elegy on the Death of John Keats* (1821) von Percy Bysshe Shelley (1792-1822).
- **Seite 100:** Horatios – Anspielung auf Horatio Nelson (1758-1805), britischer Admiral, berühmt vor allem für seinen Sieg über Napoleon in der Seeschlacht von Trafalgar, bei der er

selbst umkam. Ihm wird, möglicherweise inspiriert durch seine letzten, an Kapitän Thomas Hardy gerichteten Worte „Kisse me Hardy“, gelegentlich Homosexualität nachgesagt.

- **Seite 101:** Für die Rechte und Freiheiten kleiner Nationen – „for the rights and liberties of small nations“, berühmtes Schlagwort aus der Rede des US Präsidenten Woodrow Wilson am 2. April 1917, in der er vor dem amerikanischen Kongress für den Kriegseintritt gegen Deutschland warb, oft als demokratische Bemäntelung imperialistischer Kriegsziele kritisiert.
- **Seite 102:** *L'aurore grelottante en robe rose et verte* – „Das Morgenrot in grün und rosigem Gewande / Kam fröstelnd ...“, Verszeile aus dem Gedicht „Le Crépuscule du matin“ von Charles Baudelaire (1821-67).
- **Seite 110:** Es ist ein elend jämmerlich Ding ... – Die folgende „Epistel“ ist eine Montage aus Bibelstellen (Sirach 40,1 und 41,5), eigenen Sätzen des Autors und Zitaten aus dem spirituellen Prosagedicht *Desiderata* (1927) von Max Ehrmann (1872-1945).
- **Seite 111:** *Introibo ad altare Dei* – „Zum Altare Gottes will ich treten“ (Anfang des Stufengebets der Tridentinischen Messe).
- **Seite 111:** *Ad Deum, qui laetificat juventutem meam* – „Zu Gott, der mich erfreut von Jugend auf.“
- **Seite 121:** Sidney Carton – Anspielung auf die Figur des jungen Anwalts Sidney Carton in dem in London und im Paris der Schreckensherrschaft spielenden historischen Roman *Eine Geschichte aus zwei Städten* (*A Tale of Two Cities*, 1859) von Charles Dickens (1812-70), der für den von den Revolutionären zum Tode verurteilten Charles Darney das Schafott besteigt.
- **Seite 123:** Eine beklagenswerte Fabel über Dinge, schlecht getan – „Sigh out a lamentable tale of things / Done long ago, and ill done“, Verszeile aus der Tragikomödie *The Lover's Melancholy* (1629) des englischen Dramatikers und Lyrikers John Ford (1586-ca. 1639). Die zweite Zeile des Zitats stammt vom Autor.

Titel der englischen Originalausgabe:
„Victims: A Tale from Fermanagh“,
erschienen bei Victor Gollancz, London 1976

Der Verlag dankt Ireland Literature Exchange (Übersetzungsfonds) Dublin, Irland, für die finanzielle Unterstützung.

www.irelandliterature.com
info@irelandliterature.com

Das Zitat von Percy Bysshe Shelley ist *Adonais. Eine Elegie auf den Tod von John Keats.* Englisch / deutsch. Übersetzt und herausgegeben von Günter Plessow. Dozwil: EDITION SIGNAThUR, 2012 entnommen.

1. Auflage 2015

Lektorat: Claudia Glenewinkel
Umschlag: Steidl Design / Victor Balko, Sarah Winter
Typografie: Steidl Design / Sarah Winter
Steidl, Düstere Straße 4, 37073 Göttingen
Printed in Germany
www.steidl.de
ISBN 978-3-95829-048-8